玄奘

五万里路云和月

央北 著

北方文艺出版社

图书在版编目（CIP）数据

玄奘：五万里路云和月 / 央北著. -- 哈尔滨：北方文艺出版社，2021.1
　ISBN 978-7-5317-4758-1

　Ⅰ. ①玄… Ⅱ. ①央… Ⅲ. ①长篇历史小说 – 中国 – 当代 Ⅳ. ① I247.5

中国版本图书馆 CIP 数据核字 (2020) 第 011955 号

玄奘：五万里路云和月
XUANZANG WUWANLI LU YUN HE YUE

作　者 / 央　北	
责任编辑 / 李正刚	封面设计 / 锦色书装
出版发行 / 北方文艺出版社	邮　编 / 150008
发行电话 /（0451）86825533	经　销 / 新华书店
地　址 / 哈尔滨市南岗区宣庆小区 1 号楼	网　址 / www.bfwy.com
印　刷 / 天津丰富彩艺印刷有限公司	开　本 / 880mm × 1230mm　1/32
字　数 / 156 千	印　张 / 8
版　次 / 2021 年 1 月第 1 版	印　次 / 2021 年 1 月第 1 次印刷
书　号 / ISBN 978-7-5317-4758-1	定　价 / 42.80 元

目 录

第一章　秘闻和决心……………… 001

第二章　没有成功的谋杀………… 023

第三章　幻境夺命………………… 048

第四章　国家之上的兄弟………… 069

第五章　冰山的考验……………… 089

第六章　草原上的火与光………… 108

第七章　信仰的踪迹……………… 131

第八章　越过这条河……………… 154

第九章　绚烂的那烂陀寺………… 176

第十章　正道的光芒……………… 195

第十一章　双王争霸……………… 214

第十二章　长安 长安……………… 233

后　记……………………………… 248

第一章

秘闻和决心

公元627年,八月的长安原本上个月还肆虐的热气,似乎被七月底的一阵夜风吹得消失了,太阳也被这阵夜风吹得蒙了一层灰似的,天气一下就凉了下来。原本穿着的单衣已经不足够御寒,长安街上的人都拿出了冬日的衣服,对于怕热的人来说这是个吉兆,但是对于长安城内外大多数人,这便是恶兆。他们无不皱着眉头,一副唉声叹气的样子。

长安周边的霜降往往是要等到九月才有,这一次却被一夜的寒风引了来,雾气在白日蒸腾而起,夜里被寒风凝结,等到翌日清晨,麦、黍、樱茂盛的枝叶上结了一层厚重的霜,原本昂着头的结穗也被冻蔫了,还未生长完毕的穗子被一场霜降扼住了喉咙,只能留下空空的躯壳。

对于刚刚建国的唐来说,这场天灾来得让人惊慌,连年的战火虽然暂时平息了，但是战事已经耗尽了民间的积蓄，几乎所有人都在指望今年田里的收成来填补多年的亏空，可是一场霜降让一切期盼都落了空。来年的饥荒，无可避免。对于朝廷，民众根本还没摸清当朝皇帝是谁，长得是什么模样，自然指望不上官府开仓放粮，但是长安城内的民众还是聚集到了皇城脚下，他们渴望朝廷能想出一个比他们更高明的办法应对来年饥荒。

当权者很快意识到天灾的危害程度，唐太宗李世民刚坐上皇位，还没来得及品尝他的胜利果实，就得背负民间疾苦，国库尚未充实，又能有什么办法呢？很快一道诏令传了下来：随丰四出。原本紧闭的长安城城门打开了。

玄奘看到这道诏令的时候，他不禁双手合十感念诸佛菩萨的旨意，他多日担心的困境终于有了突破口。

随着诏令的颁布，民众很快汇聚成人流从四面八方赶来，玄奘也背起行囊隐入人群中走出长安城。麇集在城门口的人像是在城门口建起的一堵墙，乌压压的一大片，厚实得连一只老鼠也无法通过。不过这堵墙在缓慢移动，玄奘借着身高的优势能越过一部分人的头顶，他向城门口望去，在人头与城门顶的罅隙中，阳光投射进来，他看不清城门外面是什么，他只是看见阳光是橘黄色的，是日落了。

等他走出长安城的时候，太阳犹如破碎的蛋黄悬于远处山峰之上，霜露在地面上伏着，盖住了尘土飞扬的道路。

玄奘回头望了一眼长安城，偌大的长安城是一眼看不完的，只有城门上青石斑驳的痕迹清晰可见。

同玄奘一同出来的民众早已走远，他们是为了保命而逃走，能不能再次回到长安城都是未知数，但是自从玄奘回头看了一眼长安城，他就知道，他一定还会回来。

只是不知道，那需要多久。

公元625年，玄奘第二次来到长安城，当他一只脚迈进长安城的时候，天上有一排大雁飞过，雁鸣从天空传来，这微弱的鸟鸣声在繁华的长安城不可闻，可是玄奘还是听见了，那是一声声继往开来的声响。此刻，历经磨难的长安已经恢复秩序，大唐帝国在李氏家族的统治下开始崛起。各种迹象都表明，一个伟大的时代即将开始。

玄奘在来到长安前总是有一个梦境反复出现，那是一个模糊的人影站在他身前，人影是背对着他结跏趺坐，轻声念着经文，梵音如同歌谣让人迷醉，玄奘走向他，在距离那人不到十步远的地方，那人站了起来对玄奘说："你所想、所寻、所得，有法得，在长安。"

玄奘每每梦到这就会被惊醒，他明白只有找到这个人才能解决自己多年以来学佛的困惑：佛的本性是什么？凡人最终能否成佛？

长安自从恢复秩序之后，各色人来到长安，他们里面有想要谋官的文员，有想要寻得商机的商人，也有求法的僧人。一时间长安又像是从来没有遭受过战火创伤一般，屹立于天地间，成为整个大地的中心坐标。

玄奘是他们其中的一员。他一到长安就开始打听整个长安城的高僧大德，玄奘自从十三岁正式踏入佛门以来，已经过去十二年了，这十二年里似乎有佛祖眷顾，他的道路一帆风顺，可是学习佛法的道路并不是一条足够明朗的道路，佛家有八万四千法门，每一位先道者借由不同的门，其实都在走一条暗无的路，他们都在等待心中的佛性生根发芽，真正觉悟达到圆满。玄奘明白自己这条路走得并不远，可是前方已然无路可走，他目及之处、听达之处已经无人可以为他指一条路。

在这乱世初平的世间，万事在拨云见日，玄奘也在试图拨开自己心中的那片云。

"你瞧你身后的云像什么？"这是波颇大师第一次见到玄奘的时候问的话。

玄奘回头看了一眼，恭敬地回复："像是一头跪着的大象。"

这个回答让波颇大师不禁笑了起来，这个长安城的小和尚怎么会见过大象呢，那可是在遥远的西南方才有的动物，准确地说是波颇大师的故里摩揭陀国才有的生物。

玄奘想将他心中的疑问一股脑地问出来，问问这位异国的大师是否能解开自己心中的谜团，波颇大师似乎早已看透了他的意图，一只手放在嘴上表示无须多言，另一只手指了指天上坐着的那头大象。

玄奘望着天空似有所悟,但更多的是一种快要接近心中所求答案的紧张,他自顾自地说着:"沙门这一生,十岁父母早逝,跟随二哥十三岁出家,二十一岁受具足戒,如今获得智琰法师、道基法师称赞,虽得'释门伟器'的称呼,但是自从开始明了佛理之后,如擎烛之人徜徉于黑夜,常不见路,只见烛光。"

玄奘说完这段话,长叹了一口气,眉头紧紧锁着,忽而又像是得到了启示般眉头舒展开来。

他看着波颇大师问:"我读《摄大乘论》与《十地经论》两部经典,却发现愈深愈不解,在某些方面,这两部经书可以说南辕北辙,大师你说这是为何?"

波颇大师对于玄奘的疑问并不感觉意外,他反而问玄奘:"你拜佛学佛是为何?"

玄奘缓缓回应道:"佛说众生皆苦,我这一生经历过苦也见过太多的苦难,拜佛学佛不过是不愿再看见众人受苦了,可惜现在我找不到一条正确的道路。"

波颇思索了一下,用并不标准的汉语说:"《瑜伽师地论》也许可以帮到你。"

玄奘听到这里眼睛一下亮了,他甚至激动地想要抓住波颇大师,刚刚伸出手又觉得失礼,把手收了回来。他颤抖着声音问波颇大师:"那经书大师可有?"

波颇大师摇了摇头,玄奘盯着波颇大师的眼神一下黯淡了,波颇大师看着玄奘失望的样子，急于告诉玄奘此经可寻，他的声音因为急切变得有些上挑，带着梵语的味道："这……是一部大论，有十万颂，光是抄写经文的贝叶就足够装满一牛车，我自然是不可能带着，我故乡摩揭陀国有一座无比伟大的寺庙，那烂陀寺。那烂陀寺的戒贤大师曾开坛讲授过此经，不过我没有足够的功德和威望去听。"

玄奘听到波颇大师的这番话，不禁跪下，他激动地流下泪水，他感恩佛祖的明示，让他知道此路要去何方。

波颇大师住在大觉寺的精舍里，玄奘跟波颇大师告别后，从精舍里出来的时候，已经是傍晚，落日摇摇欲坠，余晖如潮水，玄奘深深吸了一口气，那是长安的干燥清冷，空气中还弥散着檀香的味道。玄奘一步步走向大雄宝殿，他要向佛菩萨祈愿。

在三身佛面前，玄奘跪下来，长长呼了一口气来平复一直激动的内心。他在这短短二十余年的人生中，从未如此郑重地起誓过，眼前的佛像在闪烁的烛光中发出神圣的光芒。

玄奘双手合十，默念着："弟子玄奘决意西行，达佛国，得真经，证佛法，此生不至摩揭陀国，绝不东归一步！祈愿我佛慈悲加护！"

说罢，他庄重地定礼三拜，起身退步出殿。

彼端，在恒河边的摩揭陀国，月色下的棕榈树呈现出一种近乎墨色的绿，炎热的水汽环绕在整个恒河岸边。在那烂陀寺，这座整个印度最负盛名的寺庙里,所有的人都在深夜陷入了沉睡,只有一个人还醒着,他睁着已经模糊的双眼凝视着窗外静谧的夜色,眼眶里饱含的泪水一触即落。

"师尊,您又醒了,这已经是您连续十日夜里不曾入眠了。"门口传来担忧的声音。

"是啊,已经十日了,觉贤,我已经连续十日梦见菩萨了。菩萨的开示让我喜乐而又忧伤。"门内的声音苍老沙哑。

"不知师尊在忧伤什么?弟子可否为师尊分忧?"门口声音穿过薄薄的门板传来。

"觉贤,我这十日只要进入短暂的睡眠中,就能看见有位年轻的僧人从遥远的东方来,他的眼眸是那样炽热,像是佛光一般。我知道他是来找我的,他也会把菩萨传与我的经书弘扬到更远。可是,我已经太老了,近百年了,我已经遍尝人间之苦,当然还有这具已经衰老的肉身,这具肉身如今不分昼夜地带给我痛苦。如果不是菩萨的开示,让我必须等待,我已经选择寂灭了。"门内的老者略带忧伤地说着。

"可是,师尊如今的不眠,我感受到的却是师尊的欣喜。"门口年轻的声音再次响起。

"是啊,觉贤,这样你便无须担心了。"门内的人说完这句话,便沉默了。

夜色更浓了,月光便无所阻拦了,月光下这位老僧身着深红色的九带僧伽梨衣,眉毛和胡须在月光下散发着明净的光泽。如今的他，已经穷解三藏八万四千法门，总持如来一切法藏，接手全印度最大的那烂陀寺，受到万民的敬仰，人们尊称他为"大三藏尸罗跋陀罗"，意为"正法藏"。

可他最在意的还是他最初的法号，戒贤，毕竟那是自他慕道而始的名字。

深秋的渭河已经结了薄薄的一层冰，萧瑟的秋风并不能吹起丝毫涟漪，连同河水的流动都被这提早而来的寒冷冻结住了，万物苍茫一片。玄奘牵着他早已准备好的一匹小白马走在河边，再往前走不远就能渡过渭河了，站在这里已经能看见渡河的桥。那是一座简陋无比的桥，一看便是新建的，仅仅用麻绳与木板便搭了起来，在风中有些摇摇欲坠。玄奘心想，连年的战乱，让这大地与江河沉默承受了，从前雄伟的桥梁与精美的亭台楼阁也化为齑粉。这世间河水会断，草会枯萎，这一路走来更是见到了无数饿死的平民，世间之无常让玄奘感怀。在玄奘正在感怀的时候，身后的小白马似乎对于主人的停止不前有些不满，打了个响鼻，玄奘回过神来，摸了摸小白马的头。

这匹小白马是玄奘在长安马市上买来的，卖马人说，这匹马才七岁，正值壮年，起码还能再跑好几年呢。玄奘不禁笑了起来，他想起了那个准确占卜到此次西行的居士——何弘达，那个曾经与他爬过骊山的有趣居士。

玄奘已经记不得第一次见到何弘达是什么时候了，他只是记得当日的夕阳特别耀眼，昏黄光线爬满了整个骊山。在玄奘决定去摩揭陀国之后，他就已经开始刻意加强自己的梵语，他也深知此去路途遥远艰难，必须有一定的野外求生技能，他爬骊山就是锻炼自己。在玄奘即将爬上断崖，刚刚看见断崖之上青翠的草，双手还艰难地攀附在凸石上的时候，一个有些戏谑调皮的声音从头顶传来："小和尚，小和尚，要不要我拉你一把？"

玄奘抬起头，看见一名着深灰道服的居士，那人笑起来，两条剑眉扭在一起，一双眼弯成两轮月牙，面色绯红。玄奘叹了口气说："你既见到沙门力竭，还不伸手帮忙？"居士伸手拉住玄奘，玄奘顺势爬了起来。

居士开口说道："这已是傍晚，小和尚还爬山啊。"

玄奘喘了口气道："趁太阳还没落山，就可以多爬两趟。"

居士惊讶道："你这是爬了多次了？"

玄奘笑道："今日从早到现在，除去用斋，共爬了四趟，都是从不同路爬上来的。"

居士拍拍手表示赞赏道："何弘达还未曾见过如此勤奋爬山的人，小和尚你叫什么名字？"

玄奘回答："沙门法号玄奘。"

当夜，忽而起了大风，一时间风起云动，须臾便下了一场雨，玄奘不得不跟着何弘达留在骊山中，何弘达在骊山中有个小茅屋，据他自己说，那也是他闭关的圣地。何弘达喜欢占星更善于占星，山中的地势更适宜观星，所以隔一段时间他就会在山中住些日子。

何弘达在茅屋里生起火来，把带来的干粮分给玄奘，两人就着火光聊了起来。

当何弘达得知玄奘如此勤奋地爬山是为了前往摩揭陀国取得真经，以证佛法，不由心生敬佩，最初脸上那副调皮的模样消失了，取而代之的是敬仰。他最初叫玄奘"小和尚"，随后马上换为恭敬的"法师"。

何弘达甚至把手里不多的干粮，自己最爱吃的芝麻烧饼多拿了一个出来给玄奘。

等到两人吃完干粮，回过神来才发现刚刚那一场疾风骤雨已经过去，这阵风雨把天空洗得明净，此刻窗外无月，星空璀璨。何弘达提议要去外面带着玄奘为他此次西行进行一次占星。

两人走到茅屋外，抬起头，苍穹之上繁星浩瀚，明暗相间，彩光呼应。何弘达指着满目星辰问玄奘："法师可知这星是什么？"

玄奘猜测似的回应道："可是一人一星，星命？"

何弘达摇摇头说："天有二十八星宿，随四季而变，人常说占星是看主星与客星的星轨，我倒是觉得天道在苍穹之外，这些星不过是在天幕上多了些小眼，露出了几分天道。"

玄奘不禁发问："那居士所说的天道又是什么？"

这种艰难的究极问题可是把何弘达问住了，他论年岁也不过只比玄奘长了几岁，哪知天道是什么。何弘达有些恼羞成怒，他拍了一下玄奘的背像是长辈一般说："小和尚，哪有那么多问题，我就是知道天道，也讲不得与你。"

玄奘看着何弘达窘迫的样子，心中早已明了，心想，刚刚还尊称我是法师，现在倒又称为小和尚了，是问住了他。玄奘绕过这个话题问何弘达："那居士帮我看看我这次西行是否能成？"

何弘达抬起头认真地看着星空，不时地换着方位，口中还念念有词，不一会他转身看着玄奘拱手道："我看法师这次西行问题不大。"

玄奘笑了。

何弘达又说："不过你这一路，艰难险阻，路途遥远，好多次都会险些丧命，你怕不怕？"

玄奘摇着头说："不怕，既然坚信能抵达佛国，还有什么值得怕的呢？"

何弘达点点头，伸出手指着星辰的轨迹给玄奘说："这主星明亮而闪耀，说明此次西行一定可以，你再看周围的星，相互簇拥，说明你这一路能得到很多人的帮助。不对……咦……"

玄奘以为何弘达发现了什么不对，紧张地看着他。少顷，何弘达眯着眼睛望着星空："嗯……你大概会骑着一匹枣红色的老马，瘦瘦的，马鞍上有块铁……这匹老马还能救你一命。"

玄奘惊讶："这你也能看出来。"

何弘达自鸣得意地说："自然，二十八星宿是我亲戚啊。"

何弘达说完这些话，声音忽而低沉下来说："小和尚，我今天帮你卜算的可是天机，不可外露啊。"

在渭河边，玄奘牵着的小白马正在身后不满地打着响鼻，玄奘想，何弘达的卜算是失误了，而那些二十八星宿的亲戚估计也是不准何弘达认门的亲戚。玄奘安抚好小白马，加快了步伐走向那座摇摇欲坠的简桥。越是靠近桥，玄奘看见的人就越多，都是饥民，衣衫褴褛，饿得面黄肌瘦，玄奘精壮的身体在这一群饥民里格外显眼，很快饥民们将眼光投向了玄奘。饥民们之所以在桥周围聚集，是因为这座桥是通过渭河为数不多的方式之一，来往人多，饥民们可以讨要到食物。

第一个过来问玄奘要食物的是一个小女孩，女孩的面颊因为长期饥饿已经凹陷下去，大大的双眼蒙上了一层灰。女孩随着玄奘走了几步，很快伸出双手紧紧抓住玄奘的行囊，她知道，那鼓鼓的行囊里一定有食物。玄奘叹了口气，天灾人祸之下，百姓永远是受到最大创伤的。玄奘打开行囊，拿出干粮，干粮刚刚拿到手里面，小女孩就一把抢了过去，一口气塞进嘴里，因为吃得太急发出了咳嗽声，这一声声咳嗽声吸引来了更多的饥民。男女老少像是一头头恶狼扑向玄奘，玄奘的行囊被掀了个底朝天，直到连一点儿干粮的渣子都不剩。

玄奘被挤到一旁，等干粮抢完之后，饥民并未散去，他们还是一脸渴望地盯着玄奘。玄奘摊开手，表示真的一点儿粮食都没有了。站在前面的饥民用手指了指玄奘背后的小白马，饥民们说："可以把这匹马杀了吃。"

玄奘赶忙摇了摇头，这匹马是他特意买的好马，要跟着他去佛国的，后面的路程还得靠这匹白马的脚程。饥民们不散去，但也没有做出过激的行为，玄奘往前走，他们就往前走；玄奘停下来，他们也停下来，如影随形。玄奘心底生起一丝惊慌，如果再跟这些饥民僵持下去，说不定小白马就不保了。玄奘只得骑上小白马，小白马似乎也知道这些饥民对于它的不怀好意，扬蹄飞奔。

玄奘整个人贴在小白马身上，心里却受到了煎熬，越是众生困苦之时，越是能显现出我佛之慈悲。

当初佛陀为尸毗王时，一日在林中静坐，见一只鸽子被饥饿的老鹰追逐，鸽子向佛陀求助，佛陀把鸽子藏在了袖子里。老鹰寻来讨要，佛陀说："鸽子是在性命担忧之际向我求助，我不能不管。"

老鹰哭诉："可是我是饿着肚子的，如果我没有食物也一样会饿死。"

佛陀与老鹰便达成了一个协议，佛陀用自己的肉代替鸽子，割下来的肉要与鸽子一样重。佛陀割肉割了一片又一片，可是称重的天平仍然丝毫未动，佛陀纵身一跃整个人跳到天平上，天平终于平了。

玄奘每每想到这个故事，都会为佛陀的大慈悲心感动。佛陀以身为教，显示大慈悲心，更是告诉后人，生命无论贵贱都是一样的价值。如今他保全了小白马的生命，却会让一些饥民因此饿死，他不知道这么做是不是错了。

小白马奔驰了一段时间，玄奘回头望，长安城已经化成天边的一个点。玄奘从马上下来，小白马喘着粗气，玄奘知道，他这次是真的离开长安了。

　　玄奘离长安越远，心中的担忧却不曾散去，在他最初选择西行道路时，摈除海路只剩下陆路，而从陆路走则可选川南与河西走廊两条道路，川南的毒虫异兽玄奘在四川时就早有耳闻，那不是他能通过的道路，而河西走廊除了千里莫贺延碛之外更有重兵关关把守，如果要从河西走廊走，就必须取得通关文书，玄奘在出发之前曾三次上书皇帝请求出关，可是那时朝局未稳，突厥异族又虎视眈眈，通关文书一律没有颁发。

　　玄奘想到这，不由叹了口气，皇帝早已禁止任何人出关，一是为了阻止人口的流失，二是防止间谍入内。皇帝站在全天下的角度考虑，这种顾虑成了阻碍玄奘西行最大的困难。

　　入秋之后，天黑得就特别快，太阳一落，黑夜就迅速占领整个空间，玄奘此刻饥肠辘辘，他的干粮都分给了饥民，小白马一路跟着玄奘，一路在地上寻觅草根，在此饥荒之下不仅是人难以维持温饱，就连牲畜觅得一口吃食也不易。玄奘一直走了半夜，夜里秋风寒冷，玄奘裹紧衣服，这一路他都在寻找一处可以过夜的地方，可是路上除了已经衰败的农田外什么都没有。

　　直至黎明时分，在远处突然出现了一处村庄，说是村庄不过是几片破败的房屋，周围满是枯黄的杂草随风摇曳，那些原本住在村里的人早已随丰四出，逃荒去了。玄奘牵着小白马，慢慢走到村口的时候，发现有个女子一直呆坐在村口，夜光微弱，女子背朝玄奘，若不是她瘦弱的身躯一直在颤抖，真看不出是个活物。玄奘与小白马的脚步声惊扰了这女子，女子抬起头看见玄奘，原本灰暗无光的眼神在这夜里一下子放出了光芒，她抓住玄奘的胳膊苦苦哀求："求求法师救救我娘。"

玄奘赶忙问："你娘怎么了？"

女子回答："自从霜灾之后，我娘就染上了风寒，因为没钱医治，已经开始咳血了，我怕她撑不了多久。"

玄奘想掏出自己的盘缠给这女子，可是伸出手去拿行囊里的钱，才发现在他遇见那群饥民的时候，钱财连同食物都不见了。玄奘刚在想如何面对女子的恳求时，已经被女子拉着进了她家。

说是家，不过是残垣断壁的房子，四面墙只剩下三面墙，而棚顶也只剩下一半，借着屋角的一点烛光，玄奘看见一个老妇卧在床上，面色苍白。玄奘跌坐下来，他不懂医术，只能默念《地藏菩萨本愿经》为老妇祈福。乱世初定，人命如草芥，玄奘这短短一路已经见过太多人如此了，他发下的宏愿是接触天下一切苦，如今即将丧命的老妇在他面前，他感到了一丝无奈。他不知是否人真的能成佛，是否真的能达极乐世界。

想到这，他更坚定了前往佛国的理想。老妇慢慢睁开眼，她模糊的双眼在看见玄奘的那刻突然亮了，她干瘪的手摸索着，紧紧抓住玄奘，她明白，这是她求生最后的希望。这时，一旁的女子忽然在玄奘面前跪了下来，她呜咽着："求求大师救救我娘亲……"

玄奘实在拿不出一点儿钱财来让她们去请一位大夫了，他想到了他的小白马,这匹小白马体格健壮,正值一匹马最好的时候,拿到集市上应该能换不少钱。玄奘走到屋外,小白马乖顺地看着玄奘,玄奘解开缰绳把小白马递给女子,说道:"这里离长安并不远,来去一日即可,你把小白马拉到集市上卖了可以换银两,然后请一位好大夫给你娘医治。"

女子颤抖着手拿下缰绳,跪下来激动地说:"谢谢大师,谢谢大师。"

玄奘不忍心看着小白马被卖掉,可刚刚看见老妇的模样,他更不忍看着老妇过世,将这女子最后的希望都击碎。

趁着天光大亮,玄奘加快了赶路的速度,他知道再走几日就能看见黄河了,而到了黄河就离佛国更近一步了。

玄奘从来没有想过在西行之路刚开始就这么不顺,先是没了干粮和钱财,而后连小白马也没有了。离开渭河之后,他已经三天没有进食了,周围都是饥民,根本没有地方可以化缘,脚下原本应该很坚实的黄土地,他却感觉是踩在云雾之上。他想,小白马躲过了饥民的肚子,却没有躲过女子的哀求,小白马是否换得了银两,老妇的病有没有治好。

玄奘的脑子在极端饥饿下变得越来越清晰,他看见眼前的黄土幻化成了一尊佛像,那佛像宝相庄严,慈悲肃穆。玄奘赶忙跪下来祈愿道:"弟子玄奘,祈请十方三世一切诸佛,慈悲加护,令诸灾民平安渡过这场天灾,离苦得乐。玄奘愿意承担一切果报。"

到了自己生死存亡的关键时候，他挂念的还是饥民。这时，虚空之中突然传来雄厚的声音："玄奘，以你一身之力如何替众生荷担无始罪业？因果报应都是理应的，一切众生轮回都在因果中。"

玄奘默然，他祈愿道："饥民拿去我的食物与财物，女子拿走我的白马，都是我心甘情愿，他们不会造下恶业。"

雄厚的声音略带责备的意味："他们拿走你的食物与钱财，你若是因此丧命，那可就是大恶业了。"

玄奘听到这挣扎着爬起来，可是他实在太虚弱了，秋日的寒风一点点在带走他的体温，他感觉身体从未如此沉重过，大地仿佛牢牢把他吸住。他撑起的手臂，颓然失力又再次跌倒，他感到一种强大的无力感。那个雄厚的声音再次响起："玄奘，你要抵达佛国，听从佛陀的智慧，他会告诉你如何脱离业网，摆脱轮回。"

等到玄奘再次醒来的时候，他才发现自己已经躺在了南廓寺里，这座寺庙玄奘听说过却未曾来过，这是一座位于秦州城的寺庙。当初与他在长安相识的孝达僧人就是来自南廓寺的，玄奘醒来认出这是南廓寺后，正想着孝达时，孝达就端着一碗清粥过来了。孝达把粥递给玄奘后就开始责备他："出这么远的门，怎么一点儿干粮与钱财都不带，你在寺庙里是得道高僧，可是出了寺庙就什么都不是了，现今的世道，不会因为你是僧人而多得善待。"

玄奘想辩解干粮与钱财都分与饥民了，但是话到嘴边又咽了下去。孝达继续说："现在灾民遍地，你肯定是把钱粮都分给他们了。你发宏愿要去佛国的事情，所有寺庙都传遍了，在长安时我就特别敬佩你，现在你又发下宏愿，更是让人敬佩。当初你以一己之力与道家在大堂之上辩论，为佛家增足了地位，也让那李渊萌生了退意，当时我就在台下，虽你我同是佛门弟子，但那一刻我觉得你威风凛凛，简直和叱咤战场的将军一般，熠熠生辉。"

孝达自顾自地说了这么多，玄奘喝完一碗粥的工夫，他还在说。玄奘摆了摆手说："我不过是得佛祖眷顾，师门器重罢了。哪有你说得那么玄乎？"

玄奘话音一落，两人不约而同地叹了口气，一起说了句："不过……"

这个"不过"两人都没有点明，两人都明白"不过"之后是佛门的大难。

公元626年，太史令傅奕七次奏本灭佛，言辞激切，李渊不顾绝大多数臣子的反对，五月下诏书："京城留寺三所，观二所。其余天下诸州各留一所。"其他寺庙、道观均被拆毁，只供养精进的佛、道家弟子，其他都令还俗。不过，六月份就发生了玄武门事变，李世民亲政，该诏书没能执行。

那一场让玄奘声名大噪的辩论，如今看来只是李渊制造的佛道两家的闹剧。

玄奘在南廓寺只停留了一夜，第二天便要启程，孝达为他重新准备了干粮和钱财。再往前走就是黄河边上的兰州了，这一路的饥民已经少了很多,但是孝达不放心玄奘的安全,害怕他又再次晕倒,一定要把他送到兰州才肯罢休,两人结伴到了兰州。兰州地处西北,往日商客云集,一片繁华,如今全国遭了霜灾,商客比起往日少了些,孝达把玄奘送到了兰州,安心回了南廓寺。玄奘在兰州并没有停留太久,李渊的灭佛虽然没有真正实行,但是全国的僧人已经少了很多,尤其是西北远离长安,僧人更少了。

玄奘僧人的打扮在兰州街头很突兀,蔡姓商人找到玄奘正是因为他的僧人打扮。蔡商人是替官府采购官马的,如今马已买好,只剩下把这些马解送回凉州即可。但是这些马匹自从到兰州后,每日夜夜嘶鸣,互相啃咬,甚是奇怪。蔡商人并未读过太多的书,他听闻同道说,这些马匹是着了夜魅。马比人通灵,定是吓着了。所以他打算请一名道士或者僧人来帮他看看。

越是往西走离长安城越远,玄奘曾经熟悉的一切也在不断变化,因为毗邻西域,所以风俗人情与异怪传说就越来越不一样。全国的霜灾,饥民的流离失所,边关的戒严,更是催生了这些异怪传说。

在兰州城,原先那些衣衫褴褛、面容枯槁的流浪汉借此大肆宣扬末日言论与鬼怪言论,这些平日里遭人唾弃的人此刻却成了最接近神明的人。大伙围绕在这些流浪汉身边,供养丰盛,盼着能得到一些趋吉避凶的妙招。

玄奘是遇见过几次这样的流浪汉,那些流浪汉对于玄奘的态度是极其恶劣的,在乱世之下,任何一个佛家或是道家弟子对于这些装神弄鬼的流浪汉来说都是威胁。玄奘自知这些人的愚痴，不与他们争辩，只是在这世道之下，玄奘身单力薄，根本无法度化这些人。

蔡商人因母亲笃信佛教，所以遇到马匹惊怪之事，对街上这些"大师"并不感冒，他在找寻一位僧人，最好是法力高强的那种僧人。可是任凭他跑遍了兰州城的所有寺庙，僧人们一听说是要去抓鬼，都惊诧地望着蔡商人，连连摆手拒绝。

蔡商人是在城门附近遇到玄奘的，玄奘的装束跟本地的僧人很不一样，蔡商人一眼就看出这位僧人定是远道而来。蔡商人连忙上前，将自己母亲信佛的事情告诉玄奘，借此拉近距离，在请玄奘用斋之后，蔡商人终于吐露出了实情。

蔡商人小心翼翼走到玄奘身边，几乎是贴着玄奘的耳朵，声音微小而颤抖，像是一颗碎石激起的涟漪："法师，我的马中混入了异鬼。"

在西域的传说中，鬼怪在白日是不能显现出原形的，只能化作各类牲畜隐藏起来。而蔡商人的马匹到了夜里才嘶鸣，让他不自觉怀疑是异鬼在夜里显出了原形。

玄奘听到蔡商人如此说，眉头微微皱起，他知道下一步这蔡商人定是要请他去抓鬼，他抢先一步说道："沙门不通鬼怪之道。"

蔡商人听到玄奘这么说，两行泪忽就淌了下来，他跪下来，呜咽着恳求道："这些马匹是官马，一旦有了任何闪失，我身家性命不保，求法师发发慈悲！"

是夜，玄奘经不住蔡商人的恳求，来到马厩帮他看看马匹，其实关于神鬼妖魔之类，玄奘并无把握，在来的路上玄奘对蔡商人说："沙门不会抓鬼啊。"蔡商人紧紧抓着玄奘的衣袖嘟囔着："没事，只要大师在，帮我看看也好。"

玄奘并不知道，蔡商人因为官马夜夜嘶鸣已经好几日没有睡着过了，但是他又生性胆小从不敢去看。

玄奘与蔡商人走到马厩时，一双双透着红光、铜铃似的大眼盯着他们，先是第一匹马开始嘶叫，而后像是有了呼应一样整个马群开始嘶鸣，蔡商人在玄奘一旁颤抖着声音喊道："夜魅来了，大师，救救我。"说完这句话，他腿肚子一软，扯着玄奘的袖子跌倒在地。玄奘想去看看这些马到底是怎么了，但是袖子一直被蔡商人扯着，根本不能前行。玄奘扯袖子，蔡商人便抓得更紧，嘴里还哀求着："法师，不能留我一人啊……"

玄奘只能安慰道："你不放开沙门的袖子，沙门是没办法查清这些马是怎么了。"

蔡商人听了这话，只能一点点放开玄奘的袖子，等到玄奘离开之后，发出一声低沉的哀号。

玄奘点燃一支蜡烛，走近了马匹，这马厩里除了几十匹的马之外，没有什么夜魅，等玄奘再近一些看时才发现，这些马匹的身上或多或少都粘着吸血的蜱虫。玄奘长叹一口气，走过去扶起蔡商人。

蔡商人颤抖着问玄奘："可是降住了异鬼？"

玄奘默声只是往前走,蔡商人连忙追了上去。翌日,玄奘让蔡商人给马匹彻底洗个澡,再用艾草给马匹熏熏,最好能请来兽医彻底给这些马匹看看病。蔡商人照着玄奘安排的都去做了,果然第二天晚上官马们就没再嘶鸣与互相啃咬了。

蔡商人对玄奘崇敬而殷勤,他当面夸奖玄奘:"法师法力无边,胆大如牛……"

玄奘听到他的这番夸词,不禁笑了起来,他说:"你的那些马只是害了蜱虫,我不是胆大如牛,不过是心定则无惧。"

蔡商人要押送这些官马返回凉州,正好与玄奘同路,蔡商人便邀请玄奘同行。

在蔡商人的细心照顾下,玄奘顺利抵达凉州。

第二章

没有成功的谋杀

越过黄河，进入河西之后，玄奘越发感叹造物主的伟大，沙漠、丘陵、雅丹地貌、丹霞地貌都是他从未见过的。靠近漠北的风光，除了让玄奘慨叹之外，他也知道了大自然真正的威力。在他真正抵达凉州城之前，一场铺天盖地的沙暴袭击了凉州城，随风而起的沙粒布满凉州城的城墙与城内的房屋。风尘仆仆而来的玄奘，在沙粒的掩盖下，倒像是本地人。

凉州是大唐西北境内的大都会，靠近西域诸国，加上官道从此而过，所以成为西北最为繁华的城。玄奘跟着押送官马的蔡商人到了凉州城，蔡商人因为官务在身与玄奘告了别。这一路上他只听玄奘说法讲经，对于自己的胆怯，他希望从佛法中寻求解脱之道。玄奘的大智慧，只能为他指明道路。修行之路，从来都是需要身体力行。蔡商人虽然不明白玄奘说的很多话，但是已有了想法，在他想更进一步追随玄奘时，又不得不因为俗事而告别了玄奘。

在整个凉州城内，佛庙比起秦州等地多了很多。因为接通西域，西域诸国信仰佛法的并不少，各方捐赠建起了不少佛庙。玄奘便去往凉州城最大的寺庙安国寺挂单，这座寺庙曾是鸠摩罗什讲经的地方，而鸠摩罗什一直是玄奘心目中功德无上的大师。

玄奘追随鸠摩罗什的脚步，在安国寺住下后，安国寺住持听闻玄奘来自长安，料想必是高僧，便请玄奘开坛讲经。一旦寺庙里有高僧讲经，安国寺都会提前告诉信众，信众们口口相传，不日便传遍全城。在讲经当日，阳光从门前的树林投射进来，那一束束的光斑正好落在玄奘的郁多罗僧衣上，前来听法的信众目光灼灼，立耳倾听。

玄奘以《金刚经》开讲，在一颂之后，停顿了一下，他眯起眼睛望向东方，初升的朝阳周围环绕着一层薄云，薄云在阳光下折射出五彩光芒，玄奘心想，那是祥云。

玄奘在凉州讲经三场，场场座无虚席，信众或是感动无言，或是默然忏悔，或是有所悟道。来听讲经的不仅有汉人，还有回鹘、突厥等胡人，大家对玄奘的佛法精深不无赞叹。在每一次讲经完毕后，那些信众便布施许多金银珍宝。这些金银珍宝玄奘都交给了安国寺的监院，法会结束后监院告诉玄奘："安国寺的仓库已经放不下了。"

玄奘想到当初刚从长安城里出来的时候，把干粮分给饥民而行囊里的钱财也丢失了。如今却获得了如山一样多的布施。因果轮回，自有真理。玄奘把这些布施拿了一半作为供养佛的香油钱，另外一半转赠给了凉州各寺庙。

贞观三年，距离整个大唐开国不过刚刚满十一年，三年前的那场玄武门之变，政权更迭。唐朝的政权还尚未巩固，仍在内忧之下，远在西北一带的西突厥趁着唐朝尚未稳固，常常在边境一带骚扰。唐太宗李世民下令封锁整个边疆，不准百姓私自出境。凉州都督李大亮，镇守整个西北的咽喉之地，奉了皇命，更对来往人员的盘查抓得紧。

"有僧人从长安来，要到西天去，不知何意。"这份文书是在李大亮吃完午饭后出现在他的案桌上的，他清晰地记得在午饭前已经处理完所有文书，这份文书摊开着，上面的文字遒劲有力，仿佛是对于他的一个警告。

如今按照大唐律例，如果他不作为，那么这份送文书的人肯定要参他一本。身处官场，这就是一把淬毒的匕首，不知什么时候能置他于死地。

李大亮的额头微微沁出了一层细汗，他细细想起，这几日在凉州的安国寺一直有名高僧在讲经。因为聚众太多，官府不得不派人去维护秩序，李大亮只是站在门口远远地看过一眼，他只记得是个年轻僧人的模样。在看到这份文书之后，他脑海里闪现出的就是这位年轻僧人的轮廓。

如果只是一名简单的僧人,是不可能有人偷偷在他桌上放这封告密信的,那么这个僧人是谁?李大亮的心中升起了一种巨大的好奇感。

凭借李大亮的官阶,只需要稍稍调查一下便得知,这位看似普通的僧人是从长安来的玄奘,而玄奘如此年纪便已经是长安城内有名的十大德,更是凭借一己之力在佛道争斗中保住了佛家地位。

那么他不在繁华的长安城内待着,为何要跑到凉州来呢?

出关——携密——

这几个字闪现在李大亮脑海中的时候,他心中一慌,几乎是奔到马厩,骑上快马飞奔去了安国寺。李大亮到达安国寺的时候,玄奘正在开坛讲经,信众将玄奘团团围住,根本没有给他任何空间靠近,等到人群散去的时候已经是傍晚了,整个天空阴沉沉的,只有微弱的天光。下元节前几日已经过去,再往后就是小雪了。整个凉州城已经入冬,太阳一落,寒气深重。玄奘站起来长长叹了一口气,讲经一天的他终于可以稍微休息一下了。玄奘抬头却看见整个空旷的广场里还伫立着三人,他远远问:"施主,可是有什么疑问?"

那三人不应,只是慢慢走向他。走近了,玄奘才瞧清他们的模样,站在前面的应该是官员,山形纹细密地绣在紫色官服上,腰间一枚玉制云纹配。当玄奘看见他身上的山形纹的时候,他就知道这是凉州城的都督找上他来了。

"法师是从长安来的吗?"李大亮问。

"是的,沙门从长安来。"玄奘恭敬地回答。

"那法师不远千里来到凉州是为何?凉州佛法并不盛行,法师应该不会是为弘扬佛法而来到这里吧?"李大亮追问这个早已知晓答案的问题。

"沙门是想从凉州过,去摩揭陀国求取《瑜伽师地论》。"玄奘回答。

"法师确定只是想要去摩揭陀国取经而已?"李大亮反问道,一位负有盛名的僧人舍弃丰盛供养,不远万里去求取一部经书,在他看来是不可思议的。

玄奘目光如灼,看着李大亮再次重复道:"沙门是想从凉州过,去摩揭陀国求取《瑜伽师地论》。"

可是这句话并不能让李大亮安心,李大亮仍旧眉头紧锁,目光如筛子一般反复在玄奘身上逡巡,玄奘明白了这位都督在担心什么,玄奘从禅房内拿出自己的经箧,那从长安一直背到这的经箧已经有些磨损,灰土在上面薄薄覆了一层,玄奘不紧不慢地从经箧里一样一样拿出衣物、经书、水囊……

玄奘把这些物品摆放整齐后,又一件件脱去自己的僧衣,只剩下一件单薄的白色内衣,玄奘双手合十,然后做了个请的动作,指向自己在安国寺暂居的房屋。

李大亮的眉头随着玄奘的动作结束,一点点地舒展了,一位远离朝政的僧人又能带什么机密呢?他在心里嘲笑了自己一番。

"你可知现在边关戒严,不允许任何人通过,我劝法师还是早早回长安去吧。"李大亮顿了顿,提高了自己的音量,冲玄奘警告道。

"沙门要是不回去呢?沙门当初从长安出来的时候,已经向十方诸佛起誓过,不得佛经绝不往东走一步。"玄奘坚定地回答道。

李大亮轻轻叹了一口气,他早就知道这些僧人根本不可能听劝,他挥了挥手,疲惫地用一只手扶住自己的额头。随他而来的两名侍卫走到玄奘身边,拱了拱手表示歉意,随即便用一副镣铐锁住了玄奘。

玄奘被送往了凉州的大牢里,当然是关押在最靠近门口位置的牢房,因为玄奘并未犯任何罪,不过是李大亮怕他夜里逃走,只能出此下策,明日一早他就要逼着玄奘随商队离开凉州,返回长安。

玄奘被凉州都督抓走的消息在安国寺炸开了锅,是慧威法师第一个站出来安抚众僧,并表示玄奘并未犯过任何罪,也是他第一个想要去营救玄奘。他明白,一定是玄奘西去的意愿让他被抓了起来。

慧威法师派出了自己的心腹弟子慧琳和道整,慧琳机智多谋却胆小,道整有勇无谋,两人恰好是一对黄金搭档。看守玄奘的小吏知道只是暂时羁押玄奘,所以并不警惕。慧琳让道整拿了钱财,贿赂了门口的小吏,顺带拿了几壶酒。慧琳在酒里加了安神散,小吏喝了没两杯便沉沉睡去。

玄奘从牢房走出来的时候第一次发觉月光是如此刺眼,道整在一旁催促玄奘快点走，玄奘根本没空去欣赏如此明月就被塞进了马车里，按照慧威法师的安排，他们要连夜赶往瓜州。瓜州距离凉州，即便是连夜赶路也需要十几天。

天不亮，李大亮就知道玄奘越狱的消息，他并不着急，处理完玩忽职守的小吏，随意发了一封通缉玄奘的文书后，他往窗外看了一眼，冬季万物凋敝，整个凉州城都显现出一派萧瑟，过了凉州就是千里的戈壁滩，如今是冬季，农田也是一片黄土。再往前走，除了瓜州与敦煌稍有人口外，都是一片荒漠。李大亮甚至轻微地笑出了声，玄奘西去的宏愿，别的他并不清楚，但是想要凭借一己之力越过这西北之境就已经难如登天。

追捕玄奘的文书在玄奘从牢狱出逃之后，就随着他们赶路的步伐发放了，在玄奘刚刚抵达瓜州不久后，瓜州州吏李昌便接到了追捕玄奘的公文，那时他正在巡捕厅里喝茶，正好前几日他在大街上看见玄奘正在讲经说法。他凭借这一丁点的记忆，手拿着公文，嘴角不禁上扬。这趟追捕简直得来全不费功夫。

他跨上他那匹枣红色的老马，一路慢悠悠地骑行，这匹老马早已识得瓜州的大街小巷，李昌只要双腿稍稍用力一夹，这匹老马就知道他要去哪。

李昌见到玄奘的时候，玄奘正好讲完经，站在那里用一口破碗在喝水。李昌并不着急，追捕的对象就在眼前，上下打量一番，不过是一个瘦弱的僧人，凭借他的脚力跑不了多远。玄奘喝完水，发现面前站了一个人,他马上双手合十祷念一句佛号。

电光火石间,四目相对,玄奘的眼眸亮若星辰却又平静如海,这一双眼眸震慑了李昌。李昌也是个虔诚的佛教徒,"这不是一个简单的学佛之人",李昌心想,他攥着公文的手开始微微出汗。

玄奘念完佛号,不问李昌任何问题,径直伸出双手道:"我知你是来抓我的,但即便你抓我回去,只要我活着一日我就要西行佛国取得真经。"

李昌一怔,他想这僧好大胆,居然要去佛国取经。他厉声质问道:"你可知佛国距此十万八千里远,前途未卜,豺狼虎豹,天灾人祸必不可免?"

玄奘定声答:"知。"

李昌又提高声音质问道:"即便今天我不抓你,这往前的五座烽火台处处重兵把守,你定是过不去的。不走烽火台便是八百里瀚海莫贺延碛,常人难以活命,你不畏死?"

玄奘定声答:"何以畏?"

李昌瞬间败下阵来,他紧紧攥着公文的手慢慢松下来,他声音忽然低了下来,怯懦地问:"你当真要去佛国取真经?"

玄奘答:"若你看见了光,还曾看见黑暗吗?"

李昌身体开始微微发抖,他拿在手里的公文已经丧失了它存在的价值,他把公文揉了揉塞进手里。他抬起头,玄奘向着他鞠躬行礼,他像是犯了错一般赶忙把揉皱了的公文撕碎了。

"大师,你看这通缉的文书都已经传到瓜州了,说明那个李大亮是一定要把你送回长安啊。"随玄奘一起到瓜州的道整对玄奘说。

"大师,你看瓜州距离敦煌不过百里,我听闻那里佛法昌盛,说不定有您想要的佛经。"慧琳在一旁帮衬着说。

从凉州出逃,这一路上陪同玄奘的两人都提心吊胆,他们不敢违抗师命,但是如今再看见李昌的到来,官府的威严更加深了两人的退意。

玄奘看见这两个小僧胆怯而又羞愧的样子,实在不愿意为难他们,便对他们说:"沙门自有办法渡过难关,就不麻烦二位了,若是二位想去敦煌,沙门也觉得那是个好提议。"

道整与慧琳听到玄奘这么说,眼神里露出喜色,很快与玄奘告了别,直奔敦煌而去。

玄奘如此便又是一个人了,他哪有什么办法,不过是行一步便是一步。

是夜,塞外清冷的月光照亮了远处的烽火台,那些烽火台因为距离远看起来如小山包一样耸立在远方。塞外八百里的荒漠像是一只巨兽,吞噬了周围一切,这些渺小的烽火台像是执戟守卫的战士。它们阻止不了荒漠的步伐,但是可以阻止人们向前被陷入荒漠中。

这些忠诚的卫士却成为玄奘行至此处最大的难题,他要继续向西,他要去佛国。他远远眺望这些烽火台,他的脚步却没有停下来,五座烽火台远处不过踱了五步,玄奘走了好几个来回。

他明白这五步，步步难如登天。

夜里的风越来越紧，越来越凉，玄奘夜宿的塔尔寺的灯火被吹得摇曳不定，大雄宝殿里的释迦牟尼佛像在忽明忽暗的灯火中愈显威严。此刻玄奘的心似乎也被这夜风吹动了，这一路走来，他并不畏惧旅途的艰辛，也不畏惧死亡，可他畏惧的是自己最后不能取得真经。

他跪在佛像前，抬起头来凝望面前这座落了些灰尘的佛像。他赶忙站起身来用衣袖把尘土拂去。玄奘清理完佛像，寺门没有关，外面忽而下起了雨，风把房门吹得咯吱作响，玄奘又站起身来把门关上。

雨声从门外传来，玄奘的心被这雨声打扰得有些起伏，他不禁深深吸了口气念起了《般若波罗蜜多心经》。连续念了三遍，他才开始向佛祖祈祷。

这五峰是条难关，关关难度，五峰之外是吃人的荒漠，稍有不慎便是死。玄奘诚信向佛祖祈祷："愿佛祖加持弟子可以渡过难关。"

这虔诚的祷告一直持续了半宿，玄奘见门外的雨停了才睡下。

"喝喝喝，咋不喝死你！"妇人咒骂的声音像是锥子一样刺进石磐陀的耳朵里，他捂着耳朵往门里挤去，可是妇人抢先他一步狠狠地把门关上了，石磐陀半醉着，跟跟跄跄，磕到了紧闭的房门上。他下肚的那几壶酒瞬间就消散了。

石磐陀跌坐在门口，记忆与现实开始慢慢重叠。他想起了咒骂他的妇人是谁,那是他两年前才续娶的婆娘,林氏。

林氏是瓜州关头村人,一直因为疾病不能生育,拖到了四十岁还没出嫁。石磐陀的前妻生了两个孩子之后,身体一天不如一天,在大儿子七岁的时候去世了。石磐陀本想就这样拉扯着两个孩子长大,可是自己又得忙农活,又得照顾孩子,实在是力不从心,一儿一女总是吃了上顿没下顿的。在媒人的劝说下,石磐陀娶了现在的婆娘,婆娘性情不好,经常对石磐陀又打又骂,并且最厌恶他喝酒,好在林氏因不能生育落下了心疾,对两个孩子甚好。石磐陀也就咬着牙忍了下来。

他坐在门口慢慢哭了起来,一边哭一边想起了亡妻。

亡妻孙氏,是自己的青梅竹马。石磐陀是胡人,孙氏是汉人,在当地汉嫁胡算是不光彩的事情,但是孙氏对他一颗赤诚之心,非他不嫁。虽说两人都是平凡百姓,没有风花雪月的浪漫,但是孙氏为他在油灯下认真补衣的模样,石磐陀一辈子也看不腻。

石磐陀一想起孙氏就喝酒,所以想念越深,酒就越喝得多,只有在醉意中他才能看见孙氏,有时是一棵树幻化的,有时是一泓水幻化的,不过他并不在意撞到树上,跌到水洼里,他只想见到孙氏。

玄奘在瓜州停留时就开始讲经,佛学在这边塞之地虽然不似长安那样盛行,但信众依旧很多。大家一听玄奘是长安来的高僧,纷纷赶着去听经。人一多就热闹,石磐陀也在这些人里面。他信佛，但是他仅仅是一个仰慕者，并不深入了解。他藏在人群中，身上还散发着昨夜宿醉的酒气，人群慢慢把他挤到了后面。

玄奘以《般若波罗蜜多心经》开篇：

> 观自在菩萨，行深般若波罗蜜多时。照见五蕴皆空，度一切苦厄。
>
> 舍利子，色不异空，空不异色，色即是空，空即是色，受想行识，亦复如是。
>
> 舍利子，是诸法空相，不生不灭，不垢不净，不增不减。是故空中无色，无受想行识，无眼耳鼻舌身意，无色声香味触法，无眼界，乃至无意识界。无无明，亦无无明尽，乃至无老死，亦无老死尽。无苦集灭道，无智亦无得，以无所得故。
>
> 菩提萨埵，依般若波罗蜜多故，心无挂碍；无挂碍故，无有恐怖，远离颠倒梦想，究竟涅槃。
>
> 三世诸佛，依般若波罗蜜多故，得阿耨多罗三藐三菩提。
>
> 故知般若波罗蜜多，是大神咒，是大明咒，是无上咒，是无等等咒，能除一切苦，真实不虚。
>
> 故说般若波罗蜜多咒，即说咒曰：揭谛揭谛，波罗揭谛，波罗僧揭谛，菩提萨婆诃。

玄奘声声浑厚，字字掷地，石磐陀的酒马上就醒了，他仿佛看见有光芒透过眼前的人群在照亮他。他本是盘着腿听经的，现在赶忙跪了下去。经文像是一把钥匙，打开了他的回忆，这些年过得浑浑噩噩，他对孩子也疏于照顾，与妻子林氏更是形如仇人。他不知道他执着地想念孙氏是对是错，他被这想念折磨得要疯了。可此刻，他波涛汹涌的想念安静了。

他想，这大概就是佛法神奇的地方吧。

孙氏救过石磐陀一次，石磐陀得过一次重病，几欲殁了。孙氏当了妆奁的首饰给他抓了三服药，药吃完了，已是家徒四壁，再不能拿出钱去治病了。孙氏听说，野菊能治好石磐陀，可是这塞外戈壁植被本就少，野菊更难采，孙氏把自己装扮成男人，跟着一群男人去山里砍柴，柴没砍到，一朵一朵采了一箩筐的野菊。就是靠着这些野菊，石磐陀活了过来。

石磐陀还想到了当初大婚时，那一张剪纸的喜字贴在穷寒的家里显得格外扎眼，可是掀起孙氏的盖头，孙氏的笑就把这原本穷寒的婚礼点亮了。

他还想起，他要去地里干活，孙氏问他："干粮带了吗？"

他答："带了。"

孙氏又问："草帽带了吗？"

他指了指头上。

孙氏又问："可别忘了啥东西。"

他没理孙氏，走了两步，忽而回头嬉笑着对孙氏说："忘了带拴在你身上的心。"

从田里回来，孙氏煮了两碗面，两碗面上都放了一个荷包蛋，石磐陀把那碗面吃完才发现自己的碗底还窝了一个蛋。孙氏说，他累着了，要多吃一点儿。

………………

玄奘的讲经其实到了中午就已经结束了，石磐陀却一直跪到了傍晚，等他恍然回神的时候，脸上不知何时多了几缕泪痕，可是心却从未如此澄明过。他又想了一遍孙氏，可是他此刻已确信，自己从想念里走出来了。石磐陀当下决定要去找这位讲经师父。

风从南边吹来，吹过树梢的时候沙沙作响，几片黄叶随风落了下来，一片叶正好落在玄奘怀里，玄奘用手捻起来轻轻叹了一声，秋来了。这一声叹刚落，只见有人站在塔尔寺门口，落日的余晖拉长了来人的影子，人影看见玄奘，抬头望向他，颤抖着说了句："师父，请让弟子常伴师父左右，得佛法照耀。"

那来的人便是石磐陀，石磐陀身影消瘦，在日落的光中就像是一根笔直的针一样扎在了玄奘面前的土里，他面颊凹陷，嘴唇突出，须髯如同雨后的青苔一样爬满了他的整张脸。石磐陀的外貌，让刚刚看清他模样的玄奘不由后退了一步，石磐陀是胡人，可是他如此的外貌在胡人中也属异数。

玄奘退的那一步，石磐陀是看在眼里的，他忐忑的心在那一步之间仿佛失去了跳动的活力，他已将生的全部希望系在玄奘身上。

玄奘不知如何回应这突如其来的拜师，而石磐陀也沉默不语。两人陷入了短暂的无言中，玄奘本想要拒绝石磐陀的拜师，那西行取经之路尚未有结果，怎么能半路收徒呢？

玄奘迈开脚步几欲离开，在他预备转身离开的时候，他瞥了一眼石磐陀，正是那一眼让他决定收石磐陀为徒。

石磐陀的双手垂在身体两侧，手指微微张开，每一根手指都随着玄奘的一呼一吸在颤抖，那是一种近乎虔诚的敬畏。

玄奘点点头，用手扶了一下石磐陀的肩膀。石磐陀并没有看见玄奘点头，但是当玄奘触碰到他的时候，他知道玄奘大师同意了，那一刻，紧张的他瘫软下来，跪在玄奘面前。

在塔尔寺的佛像前，石磐陀围绕着玄奘绕行三匝，他每一步都走得极其认真与缓慢，那短短的三匝路，对于他就是攀缘而上的索道。

玄奘为石磐陀受戒的时候，石磐陀仍旧觉得这眼前的一切恍若隔世。玄奘把准备好的木鱼、佛珠摆好，抬起头问石磐陀："你可决意拜我为师，我是要去佛国取得真经的。"

石磐陀说："师父，你的木鱼裂了个口子，弟子想给你再做一个。"

玄奘回应："法器始终会有磨损，这个坏了，下个也还会坏的。"

石磐陀扬起头对玄奘笑着说："那弟子便一直做，一直，不论是佛国或是回到大唐。"

玄奘点点头说:"那为师便为你受戒吧。"

"第一戒不杀。"

石磐陀复述一遍,郑重磕一头。

"第二戒不偷盗。"

石磐陀复述一遍,郑重磕一头。

"第三戒不邪淫。"

石磐陀复述一遍,郑重磕一头。

"第四戒不妄语。"

石磐陀复述一遍,郑重磕一头。

"第五戒不饮酒。"

石磐陀念到"酒"这个字的时候,突然喉头一紧,心头一痛。他想,只有喝醉的时候他才能看见孙氏。这一戒一受便真是生死两隔,再也见不到了。

玄奘又重复了一遍:"第五戒不饮酒。"

石磐陀想受了戒便可为孙氏念经祈福,下一世会更好。他咬紧了牙关,把这句话一字一字吐了出来,似乎每一个字都有着千斤重。

受了戒,石磐陀便成为玄奘的徒弟了。这个仪式进行完的时候,玄奘伸出手摸了摸石磐陀的头顶,石磐陀低着头,仿佛看见膝下的沙土染上了金黄色。

玄奘是要去取经的,无论是收徒或是讲法,都只是路上的插曲。在石磐陀成为玄奘徒弟的第二天,两个人便收拾行囊,准备出发。玄奘自从把小白马送了人之后,就一直靠自己的脚力,但是前方路途遥远,需要再买一匹马,石磐陀作为瓜州本地人,把玄奘带到了马市上。瓜州本地并不产马,这些马匹都是从西域诸国来的,自从边关管得严起来,马市里面的好马就越来越少。玄奘走进马市,因为对于小白马的怀念,所以他挑了一匹白色的良马。卖马的是位老翁,这老翁搓着手,感慨地向玄奘介绍道:如今世道下,瓜州的好马已经越来越少了,而玄奘挑选的这匹马是少有的西域血统,虽不说能日行千里,但是几百里还是不在话下。玄奘交了钱,满意地摸了摸白马的头,马儿温顺地把头侧向了玄奘。石磐陀一直站在白马跟前,等到玄奘买了马,石磐陀一路牵着马连连摇头,他停了下来,摸了摸白马的脖颈,那茂密的马鬃让人熨帖,石磐陀微微叹了口气。

玄奘不解地问石磐陀:"为何叹气?"

石磐陀解释道:"前方路途坎坷,此马爆发力强,但是耐力稍弱,跑不了多远,遇见突发状况易神经敏感,反而成为前行的拖累。"

石磐陀直奔另一处马厩,马厩前站了个老翁,年逾花甲,马厩里多是些干瘦年老的马匹,这些老马不过四五匹,安静地在马厩里吃草。

石磐陀走向卖马的老翁,往马厩里望了望,他首先看见了一匹枣红色的老马,马的鬃毛有些稀疏,不过一双眼却比刚刚玄奘自己挑选的白马精神多了。石磐陀指了指自己牵着的这匹老马,老翁乜着眼看了看没说话。石磐陀伸出手，把袖子撸长了一些，老翁也伸出手，两人在袖口间拉扯了几个来回，终于石磐陀露出了笑脸。

等到石磐陀把一匹枣红色的老马牵到玄奘面前的时候，玄奘面露诧异，他想责备自己这个徒弟的莽撞，可是刚准备开口，石磐陀已经笑了起来，他声音高昂地说："师父，我找到了一匹老马，不用担心找不到路了。"

听完这话，玄奘看着这匹老马，忽然想起何宏达说的——"你要骑着一匹枣红色的老马，这匹马的马鞍上有块铁"，玄奘伸手摸了摸那块铁，铁锈有些坚硬，刺痛了他的手掌。

玄奘想，如果天命如此，那便是天命助我。

瓜州自古就是迎来送往的交通咽喉，它东接河西，南望祁连，西通敦煌，北达伊吾。瓜州城东南的山中，冰川消融成溪水，溪水汇聚成疏勒河，疏勒河绕过城北，流入西边的沙漠，形成大片绿洲。玉门关和阳关就设在瓜州西界，前者控锁北道，后者扼守南道。无论商旅、僧人还是官宦使臣，瓜州都是他们出关、入关的必经驿站，而疏勒河是进出瓜州所必须渡过的，但河水湍急，渡河并不是易事。疏勒河是玄奘与石磐陀必须迈过去的一道坎，可是白日里烽火台上的驻兵能看见疏勒河，只有等到夜里才能借着夜色的隐藏越过疏勒河。

疏勒河又叫葫芦河，该河上窄下宽，形似葫芦，因为河道形状河水湍急，并不能借舟渡过。北方的天要黑得晚一些，等到天黑的时候，玄奘已经诵经很久了，石磐陀走进念经堂里轻声唤："师父，该出发了。"

唐僧放下手里的佛珠，门口透不进一点儿月光，只有眼前的烛光闪烁照得玄奘的面容明明暗暗。玄奘站起身掸了掸膝上的尘土问石磐陀："行囊都收拾好了吗？"

石磐陀点了点头。

"越过这条河，再往前越过五关，就出了大唐国境，很难回头了。"玄奘走在路上似是自语，又似是告诉石磐陀。

石磐陀不应声，只是牵着马往前走。一到夜里塞外就容易起风，尤其是夜里风一起，夜就更凉了。

往常石磐陀在这样的夜晚都会喝上两杯酒暖暖身子，他理所当然地拿起随身的酒壶，可是酒壶灌的不再是炙热的酒，而是冰凉的水。

石磐陀不由抖了一下，他停下来问玄奘："师父，要不要喝点水？"

玄奘摇摇头，手指了指前方漆黑的夜，问石磐陀："前方就是葫芦河吧？"

哗哗的流水声在夜里格外明显，石磐陀往前挪了挪，河水带着苦涩味扑面而来。

葫芦河上本就有一座破桥，因为很少有人走，所以这座桥在湍急的河水中有些摇曳，时不时发出咯吱的声响，像是年迈的老人发出的喘息声。

石磐陀明白要安全渡过此河，必须由桥而过。他在旁边砍了几棵沙枣树，修剪多余的枝叶，把树干架设到旧桥上，当一切布置妥当，这座旧桥就停止了喘息声。

石磐陀打前阵，摸着黑，如履薄冰地往前走，他每走一小段就回头招呼玄奘一声，并不是说好，而只轻轻喊一声："师父。"

石磐陀走这一段桥，喊了二十声的"师父"，玄奘未有一声答应，只是随着石磐陀往前走。

快到对岸的时候，脚下的桥忽然开始晃动，石磐陀一把拉过玄奘，双手一推，玄奘踉跄着跌到了对岸，石磐陀顾不得这些了，他又回过头在马屁股上狠狠抽了一巴掌，马一受惊奔着到了对岸。

马一跑起来，这座老桥再也撑不住了，轰然倒塌。石磐陀跌入河水中，冰凉的河水瞬间将石磐陀淹没，他没有呼喊，双手奋力地往上扑腾，想抓住能拉他上去的东西，忽而一双温热的手牢牢握住了他的手，他借着这力量上了岸。

他爬上岸的那一刻，才发现是玄奘救了他。

他又一次喊："师父。"

玄奘还是沉默。

石磐陀被河水冻得发抖，可还是笑了，那一刻石磐陀忽然觉得他的师父就像是这荒漠中的一棵坚挺的树，于天地之间，建立了一个信标。

过了河，再往前走就是五峰了。夜里的视野极差，走到天光微亮的时候，五峰最近的那一峰才慢慢变得如拳头那么大。

石磐陀因为跌进了河水里，赶路的时候一直处于神游状态，那一刻逼近死亡的感觉让他整个人都放空了。他不知道他要去哪里，要去干什么，只是牵着马跟着玄奘亦步亦趋地赶路。这样恍惚的状态让他的步伐没有那么扎实，一不留神差点摔一跤，左脚往前一勾，从戈壁的盐碱沙地中竟勾出了一个异物，他的脚被此物绊住，他不得不停下来，用手解去牵绊，等他把异物取下来，捧在双手的时候，才发现这是半块白森森的头骨，他恍然大悟，这是一个死人的遗骸，是死在荒漠中的人。

他捧着头骨的手开始颤抖，头骨的下颌还连着，这一抖，双颌发出咔咔的摩擦响声。这细微的响声如同针尖一样刺痛着石磐陀，他如此恐惧，张开了嘴想要叫喊一声，但是声音仿佛被堵在口腔，只剩下喘息声。

玄奘并没有注意到石磐陀的异动，他只想快点翻过五峰，在这危险境地，多停留一刻，就多一分不能过关的危险。玄奘回过头的时候，才发现石磐陀跌坐在地，因为距离太远，他看不清石磐陀在颤抖，晨曦的光从石磐陀背后升起，淹没了他，玄奘更加看不清石磐陀了。玄奘大喊一声："徒儿。"可石磐陀仍旧没有动弹，玄奘伸出手朝着石磐陀挥手，那伸出来的手上佛珠摇曳。

石磐陀放下手中的头骨，抬头望向玄奘，玄奘手上的那串佛珠,在石磐陀看来就像是一只纤细的鸟儿,在原地挣扎。

渡过葫芦河后,四下便是荒漠,再无民居或是寺庙可借宿,到了夜里,玄奘师徒二人只能借由风蚀而成的雅丹地貌借宿,石磐陀找来干枯的芨芨草与骆驼刺生起火来,玄奘拿出行囊里的馕饼,扯了一半分给石磐陀。

师徒二人,一人举起饼子大口啃着,一人把馕饼掰成小块往嘴里送。篝火的火势渐弱,石磐陀再去寻柴火,等他归来的时候,玄奘已经闭目打坐,石磐陀便找了个避风的角落躺下。

他有些累了,只想睡一会儿。

这一觉,他又梦见了亡妻孙氏,孙氏就倚靠在他的肩膀上,如同刚成婚那时。

孙氏问他:"孩子们可好?"

石磐陀答:"都好。"

孙氏又问他:"此行离家去哪里?"

石磐陀答:"要去佛国随师父取经。"

孙氏不言,少顷,豆大的泪珠砸到了石磐陀的脖颈上。

孙氏呜咽着说:"你此行若是出关被抓,可是要连累到孩子的。"

石磐陀不答。

孙氏拉起石磐陀的手,指着前方,在荒漠中有一大两小的头骨露出来。石磐陀瞬间被惊醒。

梦中的景象历历在目,他站起身来,在跟前的土壤里反复刨了好几下,确认眼前的这片荒漠并没有埋下什么头骨,这才放心地往回走。

夜里生起的篝火等他睡醒时已经快要熄灭了,他加了些柴火,等他抬起头看玄奘时,玄奘只是闭目,已经停止了念经,他坐下来,看着玄奘。

夜风已经足够凉了,但是石磐陀额上的汗却不停地在往外冒,他知道即便他此刻走了,玄奘还是要去佛国的,一旦被抓说不定就会供出石磐陀。凭借一个孱弱的僧人怎么能夜渡葫芦河呢?烽火台的驻兵一旦发现玄奘一定会盘问。

石磐陀越是盯着玄奘,额头上的冷汗就冒得越厉害,眼前的这个人与他之间早已共生死,他想要独活难上加难。

风起了,卷带着些许沙子,吹进了石磐陀的眼睛里,他揉了揉眼睛,刹那间看不见了玄奘。他内心升起一片喜悦,只要玄奘此刻消失了,他就能安然回去。

风停了,石磐陀又揉了揉眼睛,玄奘还是安然坐在那里。他内心又落上一层厚厚的失落,他嘴角微微拉动了一下,叹了一口气,他在嘲笑自己,一个大活人怎么会消失在这风沙里呢?

火光照亮了别在行囊外的匕首,匕首反射出一丝冷光。石磐陀的目光停留在匕首上,他想,要不杀了玄奘?

当这个想法冒出来的时候,他被自己吓了一跳,整个人却向着匕首的方向爬了过去。

杀人是要下地狱的,他想到这仿佛看见有地火熊熊灼烧着他。

可是不杀他呢？他想到这，仿佛又看见眼前有一大两小的头骨半掩在这荒漠之中。

他几乎是手脚着地，跪着走到了行李旁边，他抽出了匕首，踉踉跄跄站了起来，他走到玄奘背后。

只要这刀下去，此路便有可退。

石磐陀扬起头，闭上眼睛，慢慢把刀立在玄奘的咽喉处。

玄奘的手指微微动了一下，转动了一颗佛珠，轻声念了句："阿弥陀佛。"

石磐陀的刀掉在地上，人也顺势跪了下来，玄奘不再出声，只是手指仍在微微动着，佛珠一颗颗安静地转动，石磐陀把头磕到地上，双手伏地。

玄奘背着他，他向着玄奘跪着。

翌日，玄奘起身时把石磐陀从跪着的姿势拉起来，因为跪太久，他有些站不稳，玄奘一个手撑着他，语气里充满叹息地说："杀念起，人便走不远了。"

石磐陀又想要跪下来，玄奘撑着他，他跪不下来，玄奘又说："杀念落，还有佛根，别再跪了。"

石磐陀颤抖着声音说："弟子放不下家里尚年幼的孩子，怕再过五峰一旦被抓便是要连累家里；可是弟子一人独走，又怕师父被抓会说出弟子的事，官府迟早会找上门来。"

玄奘摇了摇头说："你安心走吧，贫僧断然不会说出你一言一语，出家人不妄语。"话音刚落，玄奘把手里的那串磨旧的佛珠递给石磐陀又说道，"你我师徒缘分就到此了，回去好好照顾家里人。"

石磐陀跪下来，双手接过那串佛珠，佛珠是温暖的，这一丝丝的暖意触动着石磐陀的心，他跪着，眼泪落了下来。

玄奘一人整理行囊，牵着老马走了。

等到玄奘走远了，石磐陀才站起来，他想再看一眼玄奘。

玄奘已化为一个人影，石磐陀用尽周身力气喊道："师父，你可知这一路可能一去不复返？"

玄奘一边走，一边背着挥了挥手应声道："那便一去不复返。"

第三章

幻境夺命

　　玉门关的第一座烽火台守将王祥注视着玄奘远去的背影，有一种莫大的感伤油然而生。他给了玄奘很多补给，有足够的水，还有充足的粮食，还特意叮嘱玄奘不可过第二、第三座烽火台，直接前往第四座烽火台，那里是他本家兄弟驻守，会照料好玄奘。玄奘和他那匹枣红色的老马，因为承载太多行李都有些佝偻，一人一马在夜色中缓慢前行。在这西北荒漠之中，即便玄奘试图与他的马靠近一些来抵御这夜里的寒风，可对于他们而言，在这片苍茫大地上还是太过渺小，仿佛只如一片叶，飘摇在大海之上。

　　玄奘越走越远，可王祥还是站在烽火台上久久不愿离开，他一直望着玄奘的背影，直到夜色将他吞没。王祥彻底看不见玄奘后，才发现自己落泪了，不知是夜风太凉还是心中伤感。对于笃信佛法的王祥来说，他恐怕再也见不到修为如此之高的大师了。

而对于玄奘而言，如果没有遇见守将王祥，那么葫芦河之后的这五座烽火台将难如天堑。

所幸，他们都遇见了彼此。

玄奘顺利在第四座烽火台再次获得补给之后，他明白再往前走就真的是杳无人烟的莫贺延碛了。这莫贺延碛在他西行之前已经听说过，那是一段长达八百多里的沙漠，天上无飞鸟，地下无走兽，更没有一点儿水草，一到夜里便刮起黑风，黑风遮天蔽日，不漏一点儿星光，风声惊天动地。黑风之后，原本的沙丘便会改变之前的样子，整个地貌又是另外一番模样，而更恐怖的是，据说凡是进入莫贺延碛的人都会看见妖怪。这些妖怪或是巨如山岳，或是媚如妖姬，或是獠牙锋利，又或是血面断足。

玄奘刚刚踏上莫贺延碛的时候，地面因为盐结而发出生脆的橐橐声，如踩在积雪之上。身旁的老马轻微地哼了一声，四下无风，万籁俱寂，玄奘除了这一声马鸣之外听见的只有自己如鼓点般的心跳声。现在他面对的苍茫大地是他从未见过的。玄奘不禁念了一遍《般若波罗蜜多心经》，每当他难以自持的时候就会念这部佛经和观自在菩萨圣号。当初玄奘在四川成都遇见了一个衣衫褴褛、长满脓疮、全身臭秽的病人，周围路过的人唯恐避之不及，只有玄奘心生悲悯，把他带到寺里，施舍给他衣服，招待饮食，并为他治疗疾病。病者感恩玄奘大师救济之恩，于是把《般若波罗蜜多心经》教授给玄奘。玄奘自那以后就常常念诵这篇经文，这只有短短几十颂的经文却总能给予玄奘莫大的力量。

当初玄奘在烽火台上遇见王祥的时候，王祥曾告诉玄奘，过了第四座烽火台之后，要在莫贺延碛的野马泉取水，因为这里是此地唯一的水源地，所以经常有野马来这饮水，因此得名。王祥告诉玄奘往北走五十里然后朝西走三十里就能找到野马泉。玄奘踏入莫贺延碛以来已经走了一百多里路，丝毫没有看见一点儿泉水的踪迹，玄奘心想应该是走错路了，这莫贺延碛还有七百多里路，如果不找到补给点，他根本走不出去，玄奘想到这心里有些焦急，他从马上解下皮囊，晃了晃，盛水的皮囊发出咣当咣当的声响，皮囊里的水只剩下一半了。

玄奘取出纱布准备把皮囊里的水进行过滤，自从玄奘受过比丘戒之后，饮水要求必须是净水，他小心翼翼地把纱布盖在皮囊上，一点点把水过滤，水浸湿了纱布，让纱布变得有些湿滑，玄奘的手一时抓不住皮囊，一刹那，盛水的皮囊从手里滑落，跌落在沙地上。水一股脑地洒了出来，沙粒毫不留情地吸收了每一滴水，暗黄色的沙地泅湿一片，仿佛恢复了生机，呈现出土地原本的暗色。

玄奘跪下来，急忙用手捧住那些泅湿的沙土，可是即便他的手再用力地攥紧这些沙土，也不会从这里面挤出来一滴水。

玄奘放弃了努力，他抬起头，望着天空，月朗星稀，可是他看不到一点儿光。

常生安当初是抱着必死的念头走进莫贺延碛的，这个几乎没有活人走出去过的地狱般的地方。常生安选择这个地方是因为他跟传说中的大漠第一高手比武输了，对于他而言，名誉比起生命重要得多。既然名誉保不住了，那么留下了生命也没有意义。毕竟常生安一直自诩为天下第一剑客，没想到来到大漠凉州之后，轻易地就败了，对方不过只出了三招，他就败了，最后一招根本毫无招架能力，对方的剑直抵咽喉。他在对方的眼里看见了一丝怜悯，这一丝的怜悯将他的自尊全部摧毁。

常生安没有带一点儿干粮与水就走进了莫贺延碛，他想，既然要死就要死得壮烈些。如果只是自刎而亡显得没有英雄气概，只有类似隐士般消亡才适合他。可是上天似乎根本没有想让他死的意思，他在进入莫贺延碛不久之后，就轻易地找到了野马泉。一汪泉水滋养起一片绿洲，胡杨林、沙柳、芦苇渐次深入，甚至还有野鸭到访。如果不越过最外围的胡杨林，只看这泉水周围根本不会想到这是在莫贺延碛中。常生安喜欢这个地方，野马泉的安静正好可以慰藉他的心，这里人迹罕至，他不用惊慌该如何面对人群，白日是风吹动树叶的沙沙声，夜里会有野鸭子的叫声。他在这里有野鸭蛋吃，还可以挖芦苇根吃。虽不是美味，但足以果腹。

野马泉时不时会有野马或是野骆驼过来饮水，这些野马与野骆驼未曾见过人，所以见到常生安并不惊恐。而常生安唯一的倾诉对象就是这些野马与野骆驼，他只能离得远远的，仿佛自语，因为他的声音一旦大一些就会吓跑这些生灵。

当常生安在野马泉疗伤完毕,准备重出江湖的时候,他发现了一个致命的问题,他并不知道回去的路了,而在莫贺延碛一旦迷路,后果将会很严重。他从最初乐意待在这变成了不得不待在这里。

如果说还有什么重要的事情要做,那么对于常生安来说就是等待,要么等待一场惊天动地的沙暴将他与野马泉一同埋葬,要么等待自己在这个地方老死。

沙漠里的阳光,炙热而无情。玄奘把水囊打翻之后,脑海中预想了两个方案:其一原路返回到第四座烽火台去取水,然后重新上路;其二继续去寻找野马泉。玄奘当初踏上西行之路时曾发下誓言,不到佛国绝不往东一步。如今这个誓言成为阻止他回去的最大牵绊。

失去了回去的可能,玄奘只能继续寻找野马泉。之前打翻水囊就是因为找不到野马泉而心生焦躁,如今打翻了水囊心中更是焦急惶恐。玄奘起先是牵着那匹随他的老马往前走,后来疲惫到只能放开老马,玄奘把头抵在老马的头上说:"可怜的马儿,你自寻活路去吧,我是顾不了你了。"

老马却没有离开玄奘,跟在玄奘身后亦步亦趋。身体极度缺水的情况下,首先会是头疼,玄奘感觉头像是要裂开了。他第一次昏迷是在傍晚,他看见落日在眼前像是烟花一样炸裂开来,一片巨大而明亮的光芒把他包围住。他在昏睡中始终觉得周围都是亮光，亮光包裹住他，挤压着他。

玄奘听见有人叫他，声音轻微而动情："祎儿，你累坏了，快点回家吧。"这是他母亲的声音，他已经有十几年没有听见过如此温柔的声音了。如果不是那一声"祎儿"，他是想不到母亲的。

在昏迷中，玄奘的大脑因为缺水而打乱了记忆的顺序，记忆破碎成片，恍如大雪飘散，抓到一片便是一片。

净土寺的寺门上卧着一只硕大的蝉，那蝉的脊背是金黄色的，在阳光下熠熠生辉。玄奘的注意力全都被那只蝉所吸引，直到二哥愉悦的声音传来："你看这寺庙宏伟吧，红墙朱瓦的，里面更是别有一番天地。"

玄奘听到二哥这么说，才抬起头看见净土寺的寺门，念经声从窄窄的门里传出来，寺墙很高，他即便抬起头也不能望到顶。

他转向二哥，二哥笑着拍着他的头说："以后，这里就是我们的家了。"

那是自从父亲去世后，年少的玄奘第一次从悲痛之中感受到心安。

等玄奘再度醒来的时候，已经是月华初上，沙漠里气温骤降，寒冷从毛孔渗入骨髓。那匹枣红色的老马，瘫软在玄奘身侧，费力地喘着粗气，老马的头低低地伏在沙土之上。玄奘看见老马这样，心中生出一丝恐惧与悲痛，还没来得及给它起个名字就要告别了。玄奘挣扎着站起来，他缓慢爬上最高的一个沙丘，想要看看远方。夜色中越是往天际望去就越是黑暗，夜风吹起沙粒，沙丘如丝带般波动，天地之大除却这些，玄奘望不见一点儿希望。玄奘在风中摇摇欲坠，他满含泪水地望着西方，自他出发开始，他从未觉得那是如此遥远的地方，此刻他却觉得佛国不可抵达。

想到这，玄奘的泪水滚落，这一滴滴泪水耗尽了他最后一点儿气力与水分。他再一次昏倒，在昏迷中，他看见面前的沙蝎变得无比巨大，蝎尾如匕首一般在他面前晃荡，沙蝎坚硬而黝黑的甲壳从他的脸庞划过，那粗粝而冰冷的感觉让玄奘颤抖。他看见无数灰衣人偶从沙土中钻出，这些人偶眼中无瞳，全然是黑色，面容干枯而灰白，人偶们手里擎着白蜡，烛光是淡紫色的，摇摇曳曳。人偶像是被人用丝线吊着，步履呆滞，行动诡谲，慢慢靠近玄奘，喉头还不断发出咯咯咯的声响。玄奘心想，这是恶鬼来索命的。玄奘心中不甘，他还未达佛国取得《瑜伽师地论》，他努力睁大双眼想看清这些恶鬼的模样，他想念诵经文来驱退这些恶鬼，可是他的身体太虚弱了，这是他第一次不能完整背出一段《大悲咒》。他想，如果这些恶鬼一定要拿走他的性命，那就让他变成如恶鬼一般虚无的灵体，这样就可以飘过千山万水，直达佛国，看一眼《瑜伽师地论》。

玄奘再次醒来的时候，是被老马叫醒的，老马用嘴咬住他的衣领试图让他站起来。他醒来，天旋地转，多亏身边的老马可以让他搀扶他才站稳。老马通灵，稳稳站着给玄奘以支撑。玄奘刚刚站稳，老马就迈开步伐要走，玄奘不知它要去哪里，只能随着它往前走。老马越往前走越兴奋，昨夜的夜风让老马闻到了水的味道。它不敢跑得太快，它一边扶持着玄奘，一边一点点加快步伐。

在距离野马泉还有几里路的时候，玄奘隐约看见了一片绿洲，他怕是幻象揉了揉眼睛，又往前走了两步，直到确定那不是幻象后，喜极而泣，他紧紧抱住那匹枣红色老马的脖颈哭了起来，老马粗糙的鬃毛一点点拂去了玄奘的眼泪。

常生安从来没有想到能在野马泉看见一个活人，所以当玄奘狼狈地在泉水边喝水的时候，他以为是沙漠里的沙猴。在从前常生安就听说，在江河里有索命的水猴子，沙漠里自然就有索人命的沙猴子。这些沙猴在沙漠里逐水而居，专门猎杀迷失的旅人，并用旅人的衣帽来装扮自己。常生安握紧手头的剑，这把剑已经太久没有用过了，常生安甚至已经快要忘记握起剑柄是什么感觉了。

玄奘此刻正跟着老马在泉水边大口大口地饮水，根本无暇顾及周遭的情况，常生安匍匐在就近的草丛中，他看眼前的老马和"沙猴"全无戒备，拎着宝剑跳了出来，顺势使出了一招巨石崩山，剑锋欲落时，老马一声嘶鸣惊醒了玄奘，玄奘滚到一旁，常生安狠狠地在地上劈了个深痕。玄奘以为是遇到强盗了，他赶忙站起来，怒视眼前袭击他的人。常生安一招未中，提起剑准备再来一招风月共舞，他招式还没使出来，定睛一看，是个和尚，这可是让他又惊又喜。

常生安把剑一扔，跪在地上哈哈大笑起来，这一举动又把玄奘吓了一跳，起先他以为自己遇见了强盗，现在看情况又觉得自己遇到了个疯子。玄奘往后退一步，怕这个又疯又蛮的人再作妖。

常生安笑了好一阵子，才缓过劲来，他咧着大嘴冲玄奘笑着道说："可算是来了个人，你要是再不来，我就死在这里了。"

玄奘定了定神回道："沙门还要去摩揭陀国取得佛经，不能死，财物你尽可拿去。"

常生安想，这和尚是把他当作强盗了，他急得语无伦次起来："不是……我是迷了路……不敢自己走出去……又不认路……等……个……人……一起……"

说完这些话，常生安不好意思地挠了挠自己的头。

玄奘一听常生安这么说，马上放松了警惕，多日的疲劳让他根本不可能一直这么撑着，他腿一软跌坐了下来，长长地舒了一口气。

在野马泉，常生安给了玄奘最高的礼遇，他在野马泉待了几个月，俨然已经把这个地方当作了自己的地盘，他把积攒多日的野鸭蛋一口气全烤了，挖了一大把的芦苇根，顺带还爬上了野马泉为数不多的沙枣树，摘了一捧还未熟透的沙枣。玄奘不食荤腥，烤熟的野鸭蛋被常生安一个人吃了，玄奘只是吃了些芦苇根和沙枣。

夜里的沙漠寒气重，常生安生起一堆篝火，在常生安的怂恿下，玄奘在泉水里洗了个澡，泉水有些凉，玄奘浸泡在泉水里却不觉冷，远处沙海映着月光，一片银色，芦苇沾了水珠在夜风里摇曳，若是不动，这一汪泉水恰好就能倒映出天上的圆月，远处常生安生起的篝火发出暖人的光芒。劫后余生的玄奘终于感受到了一种踏实感，那遥远的佛国此刻又变得不再遥远。

玄奘沐浴完后，向着西方跪拜，感谢诸佛菩萨的护佑让他渡过此劫。他跪拜完诸佛菩萨后，起身走到那匹枣红色老马身边，要不是这匹老马两次救下他，他的西行之路就要断送在这莫贺延碛了。当初他从长安出发的时候，居士何宏达就曾预言过，这匹老马会救一次他的命。当初玄奘不过是当作玩笑来听，如今他才觉得那既是预言，更像是何宏达对他的祝福。玄奘摸了摸老马的额头，老马嘴里嚼着草料，鼻子轻声发出哼响，似在回应玄奘。

"我说你个小和尚，怎么洗个澡这么慢，我都快睡着了。"常生安不满地说。

玄奘把洗过的衣服挂在篝火边，回答道："沙门不仅要洗身体，更要洗一洗自己的心，沙门在这莫贺延碛里茫然了，害怕了。"

常生安其实根本听不懂玄奘在说些什么，但是鉴于他对于玄奘的亲切感，他一边点头一边答应着。他并不知道玄奘其实还有很多话要说，他看着玄奘回来便安了心，玄奘挂完衣服，常生安就已经睡着了。

玄奘只能把那些告慰自己的话又咽了下去，那些话语被一颗心的安定慢慢包裹起来，然后随着这夜风消散。

玄奘和常生安在野马泉停留了一日，装满了水囊，为老马备足了草料,预备第二天出发,来到野马泉后,玄奘对于如何走出这里已明确了方向。常生安已经在大漠输了第一剑客的称号,如今的他如丧家之犬一般,全无心情再回到大唐国,他决定跟着玄奘去摩揭陀国。在他们出发前,常生安拍着胸脯向玄奘承诺着,以后就由他这个大唐第二剑客来保护玄奘,说完又补充了一句:"迟早我会是第一剑客的。"

玄奘一直都有个疑问,为什么常生安会选择跟着他去佛国,毕竟他不是个佛教徒。常生安在给老马装上备用的草料后,冲着玄奘笑说:"你给我说这一路会路过很多小国家,如果可能的话,你说我这剑术是不是能在某个小国家得到个第一剑士的称号。"

常生安笑得真诚而热烈,玄奘无法拒绝他,玄奘被那目光灼热烫到了,他只能点了点头。常生安看见玄奘点头,笑得更开怀了,嘴里还在念叨着:"我就说嘛,肯定可以。"

莫贺延碛的风一般是中午开始刮,夜里到早上都是无风的。白天阳光炽热,并不适合赶路,常生安和玄奘就选择休息。玄奘打坐念经,常生安就在一旁睡觉,有时候睡醒了会不知趣地打断玄奘,让玄奘给他讲讲故事,玄奘就给他讲一些佛经里的故事,如六牙白象、大意舀海等。这些故事让常生安听了乐子,同时对于玄奘的崇敬之情也油然而生。他在不知不觉中对于玄奘的称呼已经从和尚改成了大师。

从野马泉出来的第二日,常生安是在午睡之后听见风声的,这风声不像是之前的风,而是多了一些尖啸之声。当常生安爬起来的时候,天已经黑了一半,目及东方,一面接天连地的沙墙正在缓慢地向他们飘来。常生安脑子嗡的一响,这是他一直有所耳闻却从未遇见过的黑沙暴。他拉着玄奘开始狂奔,玄奘一脸不明所以,常生安只顾着跑,玄奘一回头发现那面宏伟而骇人的沙墙也随着常生安跑了起来。老马惊觉,跑起来比两人跑得快多了,常生安一把把玄奘举到马上,老马年纪大了,并不能承受两个成年男子的重量,常生安把玄奘举到马上,顺势朝马屁股狠狠击了一掌。老马撒开四蹄,狂奔起来。

风呼啸而至,沙遮天蔽日。人力与马力哪能跑得过风,两人迷失在了沙暴中,风吹得人根本无法站立,沙迷了眼,人与马只能卧下躲避风沙,不一会沙子就在身上积了厚厚一层。

风过去后,玄奘才发现他跟常生安走散了,茫茫莫贺延碛,玄奘无从去找,忽而想起在老马身上还有路上预备的干燥草料,玄奘点起一堆篝火,上面的一部分草料用宝贵的水沾湿了,这样烧起来火小烟大,莫贺延碛无树无山,哪怕远隔百里也能瞧见,黑沙暴过去后,四下无风,烟扶摇直上。玄奘在一旁为常生安念着经文,祈祷他平安无事。

玄奘想这些草料烧完后,若是常生安还不来,就真的全无办法了。火在夜幕降临后彻底熄灭了,最后一缕细烟消散在夜空中,可还是不见常生安的身影。玄奘不甘,站在最高的沙丘之上,扯着嗓子喊:"常生安——常生安——"

无人应答,玄奘又喊着:"第一剑客——第一剑客——"

这一次，远远地有人应答："大侠来了，来了——"

伊吾国是个无数西域小国中的一个，也是距离凉州城最近的一个国家。沙尔敦寺就坐落在伊吾国，是这里最大的寺庙。当正午的阳光从沙尔敦寺的大门照射进来，阳光刚好落到觉力法师头顶的时候，他从午睡中惊醒，原本跌伽坐的身姿一时不稳差点跌倒，觉力用手扶住地板慢慢站起来，起身摇了摇头，长叹一口气。原本的禅坐却在不知不觉中睡着了，觉力感到身体衰老后的身不由己。

他这些天已经把禅坐的地方从小小的禅房移到了天王殿的小偏房内，这样可以一眼看见大门口的人。虽然觉力已入佛门几十载，但是他见过真正的大德高僧却屈指可数，虽然佛门中有八万四千法门可修得正果，但是觉力天生愚笨，一直苦苦探索在修行的路上。在一个月前，觉力在集市上听卖骡子的商人说，有位大德高僧在凉州开坛讲经，引得无数信众，还说那位大德高僧要前往摩揭陀国，要从西域诸国路过。觉力听到这个消息后，满心欢喜，他想，如果这位大德高僧能来伊吾国，一定要让他在沙尔敦寺开坛讲经，好让这片佛法贫瘠之地也能受到泽庇。

觉力坚持在天王殿待了半个月，除了香客和几条前来讨食的野狗之外，他一个高僧模样的人也没见到。他开始怀疑是不是这位曾在凉州说法的高僧绕道走了，在他坐禅惊醒，正懊悔之际，门口忽然走来两个人，一人是僧人模样，另外一人走路摇摇晃晃像是喝醉了。觉力深吸一口气,让自己更清醒一些,他赶忙走过去迎接。

对面的僧人,眼神睿智而澄澈。僧人先开了口:"沙门从大唐长安来,途经此地,想在贵寺挂单休息,不知方便与否?"

当觉力听见"长安"二字,原本因惊醒而有些涣散的眼神汇聚到对面的僧人身上,他的脑袋像是被雷电击中一般,从头皮一直到脚趾都开始发麻。长安啊,这对于他是个遥远而熟悉的地名。

觉力七岁跟随母亲远涉到伊吾国,那是隋末,世间动乱,不过是为了讨一口饱饭,但是长安城却是他一直思念的,身在异国越久,越是思念曾经的故乡。觉力跳过眼前僧人的肩膀,望向远处,眼泪止不住地流了下来。他从这位僧人身上仿佛看见了长安城。

僧人又说:"沙门法号玄奘,不知方便与否?"

觉力不自觉紧紧抓住玄奘的手,接连不断说:"方便,方便……"说着他便拉着玄奘的手朝里走去,在迈入天王殿的时候,觉力哽咽着对玄奘说,"你我本是同乡人啊……只是我已经许多年没再回过长安了……"

玄奘听到觉力这么说,不禁眼眶发红,走出大唐国境之后还能遇见同乡人,何况是佛门中人,多么难得。

玄奘和常生安被安置到客房住下,玄奘早已声名在外,所以住在最好的房间。而常生安就没那么好运了,不过他要求并不高,这些年仗剑走天涯的生活,他只要有张床铺就满足了。

翌日清晨，觉力是被常生安吵醒的。寺里的斋饭不能满足常生安的胃口，没等到天明他就饿得前胸贴后背，他蹲守在觉力的门口准备让觉力给他弄一只烧鸡，实在不行弄个鸡腿也可以。可是他的性子根本等不到觉力起床，他等了片刻就开始敲门，一边敲门一边大喊："老和尚，你要饿死大侠我……饿死我了……"

觉力把房门打开时，常生安倚在门上，一副生无可恋的样子，他捂着肚子说："昨夜你们的小和尚只拿白粥和咸菜来糊弄我和玄奘法师，我饿病了倒是关系不大，顶多拆了你的庙门，可是玄奘法师要是饿病了，你在佛门中可就丢人了。"

觉力盯着常生安问："那不知大侠要吃什么？"

昨日迎接玄奘，觉力的注意力全部都被玄奘吸引住了，未曾仔细瞧瞧这与玄奘同来的人，这人体高身壮，鼻直口方，尤其是那一对剑眉长而浓，眉尾直入两鬓，单单从这样貌来看，觉力就感受到了一股凌厉威风。

常生安似是商量又似是命令地说："简单，一只烧鸡便可。"

觉力这可犯了难，这佛门清净之地哪来的烧鸡给他。不过他猛然一想，当初他听到玄奘要到伊吾国来的消息后，曾经报告给国王的大使，国王吩咐觉力等玄奘一到就去禀报。如今玄奘真正来到伊吾国，他应该立刻把消息告诉国王。觉力一拍手对常生安说："大侠，少安毋躁，中午就有烧鸡吃了，而且不止一只，你想吃多少都有。"

常生安听到这个消息，雀跃地跳了起来。

果不其然，当觉力把这个消息禀报给国王后，国王的仪仗队马上就到了沙尔敦寺门口，仪仗队之后还有一列长长的运货队，那是预备供养玄奘的，除了大把的金银财宝之外还有珍馐美馔。玄奘恭敬地在门口等候国王，国王并不是虔诚的佛教徒，隋末唐初后，佛教在大唐日渐兴盛，如今来了这么一位大唐高僧，若是失了礼仪不免惹得大唐不悦。

玄奘恭敬给国王行了礼，国王一看大唐高僧给他行礼，内心高兴，哈哈大笑起来。笑声一落，他信心满满地对玄奘说："摩揭陀国远在千里之外，这一路山险水急，不如你随本王进王宫，伊吾国的国师就是你了。"

玄奘没想到伊吾国国王如此霸道，眼神一滞，随即轻轻摇了摇头回道："沙门此行只为去摩揭陀国取得佛经，好解决沙门学佛以来一直的困惑，若是困惑不解，沙门此生便毫无意义。国王的好意，沙门感激。"说完这些话，玄奘又向伊吾国国王行了一礼。

国王心里早有数，这大唐高僧是不会留下来当国师的，遗憾地叹了口气，摆了摆手，让运货队把供养的物品都端了过来。觉力在旁赶忙上前，双手去接，顺便缓和气氛："国王陛下，我已经邀请玄奘大师在沙尔敦寺开坛讲经，玄奘大师答应在此地连续讲经三天，以解我国佛徒疑惑。"

国王听到这，摆了摆手说："也罢，这倒也是个好提议。"说完这话，他又转身面向玄奘说："我对佛研究不多，可是这邻国的高昌国国王可是痴迷佛学啊，到时候他可不会像我这么好打发了。"

国王走后，供养的物品堆满了整个沙尔敦寺的院子，这可把常生安乐坏了，他爬上爬下，像只猴子一样，这些年的江湖闯荡让他对金银财宝早已没有兴趣，只是跟着玄奘这些天，一点儿荤腥未进，让他的五脏六腑都发出了抗议。

他翻上翻下，把那一堆物品都翻了个遍，可是连个烧鸡的影子都没有找到，气愤地坐下来恶狠狠地盯着门外骂着："什么国王，也太抠门了，连只烧鸡都没有。"

玄奘自知无法劝常生安入佛门持戒，便也笑了起来说："你说这送往佛门的礼物，怎么会有烧鸡呢？"

常生安醍醐灌顶，一骨碌爬起来奔向寺中的天王殿，一边喊着："我得找觉力那个老和尚算账去。"

高昌国是伊吾国的邻国，两国相距并不远，高昌国国王早先听说了玄奘将来，便留了信使在伊吾国，以便提前通报，信使得知玄奘抵达后，快马加鞭地从伊吾国赶回了高昌国。

高昌国的王宫建立在该国所有佛寺的中央，国王麴文泰自幼信奉佛教，据说在他降生的时候，天显祥云，而他是静静听着佛寺的钟声敲满了十八下才发出了第一声啼哭，这十八下钟声恰是南无大方广佛华严经，南无华严会上佛菩萨的一字一声。而如今麴文泰当上国王后更是对佛教倍加推崇，在王宫周围新建了很多寺庙，夜里要等到一百零八下佛钟敲满之后才休息。

信使抵达王宫的时候，麴文泰正在批阅文书，烛光有些暗淡，侍臣刚刚换下新蜡，在明暗交替之间，信使跪到了麴文泰面前，信使低声说："国王，大唐高僧玄奘已经抵达伊吾国。"

麴文泰揉了揉眼睛，抬起头看着信使，门外的天空正好有一颗星落到了正中央的位置。麴文泰缓缓把目光落到信使身上，他难以置信地问了一遍："你是说当初的长安十大德之一的玄奘大师已经抵达伊吾国了吗？"

信使坚定地回答道："是的，我的王。"

麴文泰站起来，因为太过激动，有些站不稳，他扶了一下桌子，此刻王宫周围的寺庙响起了今夜的第一百零八声暮钟，这是象征着人的一百零八种烦恼都随钟声灭了。

玄奘在沙尔敦寺的讲经并不太顺利，第一天一切刚刚布置好就刮起了沙暴，这沙暴是从莫贺延碛刮来，等到刮到伊吾国境内的时候，天空已由黑转黄，天地之间一片昏黄，沙土失去了狂风的助力却显现出本色来，弥散在空气中，让人呼吸困难。第二日天气转晴，玄奘才真正开始讲经，原本常生安也是要来听经的，他甚至威胁觉力把第一排中间的位置留给他，但是在第一天玄奘刚刚诵完本经还没开始讲的时候，常生安就在底下呼呼大睡起来，他的呼噜声甚至有时盖过了玄奘的声音。

玄奘不得不停下来,而觉力则自告奋勇地招呼了几个僧人,一起把常生安抬了出去,扔到了门外的大街上。等到常生安睡醒的时候,玄奘已经讲了半天的经,开始用午膳了,常生安一怒之下又要去找觉力报仇,被玄奘劝了下来,这两个人自从见了面之后,这种打闹之事层出不穷,今天是讲经日,大事为重。

觉力在被常生安因为烧鸡的事报仇后,捂着头上的大包向玄奘诉苦:"常生安这样的江湖人怎么进得了佛门之地?这样的人肯定造了不少业,说不定还造过杀业。这样下去肯定要继续徘徊轮回之中,受尽业苦。"

玄奘摇了摇头说:"我曾问过他,虽然这人剑术了得,不过从未造过杀业,他与我同行,也是一种修行,我看他现今贪念已经淡了很多,倒是你啊……"玄奘说完这话,用手指在嘴唇上抵住,觉力明了只能丧气地点了点头。

觉力不再告常生安的状,而常生安自从被抬出讲经堂后便不再去,两人相见的次数少了,倒也相安无事起来。常生安不听佛经后,过得逍遥自在,在街上基本天天都能吃到心心念念的烧鸡,酒足饭饱后他就在讲经堂外找个地方晒着太阳睡觉。玄奘名气之大,吸引了伊吾国很多人来听经,人多事杂,常有人因为一个座位而发生争吵,这个时候只要常生安怒目以视,顺便用手指轻轻敲一下身上的佩剑,那些争吵的人便安静了。因为此事,觉力对常生安改观不少。

玄奘讲经的第三天,高昌国的专使到了,他们带着高昌国国王亲笔写的通关文书,还另外足足带了一百个人前来,那些人身着华服,带着礼物,他们首先拜访了伊吾国国王,随后便来到了沙尔敦寺。他们到的时候,玄奘还没有讲完经,那些人便恭敬地站在寺门口一直等着。一直到日落,听经的人散尽,他们又重新整理好服装,立起华盖,奏响音乐,挺直脊背,朝着玄奘走去。在他们认为已用尽最完满、最高的礼遇来迎接玄奘的时候,常生安被这巨大的阵势吓到了,他刚刚从睡梦中醒来,发出了一声粗鄙的惊呼声,这一声惊呼干扰了原本行进的礼仪队伍,可是在短暂的一声惊呼之后,整个仪仗队又有条不紊地走向玄奘。

站在第一排的专使,走近玄奘,恭敬地跪下,双手呈上高昌王的信物,一尊用白色象牙雕刻而成的佛像,雕工精美,如掌大的佛像栩栩如生,被落日的余晖披上了一层柔和的光芒。玄奘婉拒了如此贵重的信物,专使开了口:"尊敬的玄奘大师,我奉国王的命令,来接您前去高昌国,在高昌国您将受到无上的礼遇与荣耀。"

玄奘被眼前的场景惊住了,他望着那些庄严的仪仗队和恭敬的专使,不知如何作答。在出发之前他已经定下了路线,经过伊吾国后,从可汗浮图过,直接向西北进发。如今要去高昌国,无形之中等于绕了路。

专使见玄奘半晌没有应答,又接着说:"尊敬的玄奘大师,您是佛菩萨慈悲的化身,如今国王说如果我不能把您接回去,那么我这条命就没了,请求您可怜可怜我这条贱命吧。"

专使的这番话让玄奘根本无法拒绝,他的脑袋嗡嗡作响,眼前的太阳就要落山了。

第四章

国家之上的兄弟

　　觉力的手刚刚拿起拂尘,准备把天王殿的佛像清理一下的时候,高昌国的礼仪队就到了,他起初以为这些人只是来拜见一下玄奘大师的,玄奘在几日的讲经说法之后,几乎整个伊吾国的人都在仰慕他,自然免不了一些达官贵人。觉力把弥勒佛的脚刚打扫完的时候,他一回头,玄奘居然跟着这些礼仪队走了。这可把他吓坏了,他扔掉拂尘,跑着到了玄奘面前,气喘吁吁地问玄奘:"大师,这是要去哪?"

　　玄奘还没说话,旁边的专使先开了口:"玄奘大师已经答应随我们前往高昌国,我们的国王已经在王城里等候多时了。"

　　觉力急切地说道:"即便玄奘大师已经答应你们前往高昌国也不急于一时啊,再说天色已晚,不如你们也先住下,等到明天一早再出发可好?"

专使语气坚定地回复:"我国国王渴望见到玄奘大师心切,恨不得马上就能见到大师,所以我们已经备好良马,预备连夜前往王城。"

专使对觉力说完这些话后,转向又对玄奘说道:"我王这些天听说您到了伊吾国后,茶饭不思,就是为了得见您的尊荣,聆听您的说法,还请您慈悲垂允,换马前进。"

玄奘不忍拒绝,点了点头。觉力看已然无法挽留,便对玄奘说:"大师等我一下,我去去就来。"

不一会儿,觉力准备了一个大包袱递给玄奘,觉力舍不得玄奘大师离开,对于他而言,玄奘不仅仅是位佛法高深的大德,更是他难遇的同乡人。

觉力伤感地握住玄奘的手,似有千言万语,但伤感如此汹涌,让他如鲠在喉。他看着玄奘,半晌说道:"大师,此地无福不能留您在此长居,如此只能诚心祝愿您一路坦途。"觉力说完这句话,转向看着站在玄奘身旁的常生安,这位剑客虽然不通佛法,有些粗鲁,但是这几日接触下来,觉力已然对他心生好感,觉力想对常生安说些什么,他无言地望着常生安,而此时的常生安似乎早已料到觉力会如此,别过头不去看觉力。觉力只能遗憾地叹了一口气。

玄奘不知如何回应觉力如此热情的送别,他冲着觉力挥了挥手说了句:"我们要走了,佛法还需日日精进。"觉力用力地点了点头,一旁的常生安插了句话:"是啊,又要出发了。"

说完这话，常生安出乎意料地转身抱了一下觉力，觉力还以为常生安又要干什么，挣扎了一下，常生安很快松开了手，冲着觉力笑着说："老和尚，后会有期！"说完双手抱拳，阔步向前走去。

觉力已经很久没有体验过离别的感受了，以至于这次离别的伤感让他有些猝不及防。他挥着手，向玄奘告别，向常生安告别，直到玄奘和常生安彻底消失在夜幕中，他才惊觉这两个人此生是很难再见到了。

觉力给玄奘的包袱其实是给常生安的，里面裹着一只烧鸡，常生安拿着烧鸡开心得不得了，一边啃着一边夸奖觉力其实还是个好和尚。这一副模样，让高昌国来的专使都不禁笑了。

高昌国距离伊吾国虽然距离近，但是一路上多是雅丹地貌或是土山沟壑，脚力再好的马匹也不能全速奔驰。玄奘这一路走来很少赶夜路，哪怕赶起夜路来也是情势所迫，所以根本无暇欣赏夜景。这一次他骑在马上，第一次如此惬意地望着这塞外的星空。北斗星挂于天际，银河横穿苍穹，星光熠熠。一路随着玄奘来的老马，安逸地在身旁走着，自从度过莫贺延碛之后，玄奘照顾它年老体衰再也没有骑过它。

常生安骑着马，走在队伍的最前面，不时地回头望一望玄奘。

此时在高昌国的王城内，灯火缀满了整条街道，整个城内如白昼一般。王城的王宫内，麴文泰早已下令让所有王族焚香沐浴，身着华服。麴文泰自己早已准备好，在王宫内来回踱步，他盼咐接引玄奘的礼仪队,一旦接到玄奘就派一人赶在前面好来通报自己。在等待信使的过程中,麴文泰的内心就如同这些新换上的蜡烛一样,明亮而炽热,却又会因为一阵微风而颤动。

信使终于在夜半三更抵达王宫,信使一到,玄奘就不远了。

麴文泰颤抖着手戴上王冠,他第一个走出王宫,疾步向城门外走去,步伐太快以致王妃们都小跑起来。等到城门外,麴文泰带着王妃们站成两排,一人手持一支蜡烛,在道路两侧。如此一来,整个王城便真如一颗太阳一般伫立在夜幕中了。

常生安是第一个看见如此明亮的王城的,他从队伍前面跑到玄奘身边喊着:"大师,高昌国的王城失火了,火光通天,亮得吓人。"

常生安说完这话,专使马上赶过来纠正道:"尊敬的玄奘大师,王城并未失火,那是国王为了迎接您,在王城内点起了千万的烛光。您走近了就能看见了。"

玄奘越是靠近高昌国的王城,天上的星辰就越发失去光泽,王城的光已经盖过整片夜空的星,在进入王城的道路两旁,玄奘首先看见了高昌国国王麴文泰,他手持蜡烛立于道路一侧,他看见玄奘后,慢慢走向玄奘,恭敬地扶玄奘下马,让玄奘坐上一顶华贵精致的轿子。随即美妙的音乐声响起,明亮的烛光与乐声相互呼应,仿佛在这夜里步入了仙境。轿子由十六人抬着,抬轿的轿夫也身着华服。在通往王宫的路上,两旁站满了执烛照明的宫女,她们低着头高举着手中的蜡烛,烛光让路上原本不起眼的石子都在熠熠发光。

玄奘的轿子抵达王宫后院的重阁之后，两侧缀满宝石与金丝的幔帐就散了下来，随即轿子的顶和四围被侍臣们抬起来，玄奘趺伽坐在底板上，底板又被侍臣们抬到了更高的座位上，那是重楼的主位。麴文泰第一个站出来向玄奘礼拜，麴文泰虔敬地说："弟子自从听到大师的尊名，就高兴得废寝忘食，日夜期待与您相见。又得知大师今晚即可抵达，所以特地与后妃等人通宵未睡，在此焚香读经，恭候法驾。"

玄奘坐在宝座之中，眼前的烛光与宝石相互辉映，空气中散发着甜美的花香，美妙的乐声在整个重楼里回响，玄奘是从没有受过如此礼遇的。玄奘此刻闭上眼睛，他能感觉到自己每一次的心跳，他忽然觉得所有的宝光荣耀都不是属于他的，他不过是凡人一个，而这些宝光荣耀都是属于佛菩萨的，想到这里他忽然心安了，同时一种莫名的巨大的感动充斥在他体内，他为佛菩萨受到如此荣耀而感到高兴。

在麴文泰礼拜完玄奘之后，他的王妃们排着队一一前来礼拜玄奘，而玄奘也为她们一一祈福。当最后一个王妃礼拜完毕，天光渐亮，烛火的光芒终于被日光盖了过去，所有人在整整一晚的盛大礼仪之后都疲惫不堪，麴文泰这才恋恋不舍地离开，离开前吩咐侍候玄奘的小黄门好生服侍。

常生安对于高昌国国王麴文泰的印象并不如玄奘的那么好，国王的热情完全超出了他的认知。在行走江湖的数十年里，常生安的人生哲学是过分的热情必然带来祸端。玄奘居住在装饰繁华的重楼,可是常生安没有那么好运了,虽然玄奘表明,他是玄奘的旅伴,但是高昌国国王只是乜了他一眼,便把他安排在了重楼旁边的小屋内,那是个不足十步的土坯房,常生安虽然对于吃住要求不高,但是巨大的待遇差距还是让他心有不快。

第二天一早,常生安早早就来到重楼,他找到玄奘说:"我担心这个国王不怀好意,不如我们早早离去。"

玄奘没有回答他。

常生安继续说:"我已经探查过了,这高昌国的侍卫功夫都不高,凭借我的功夫咱俩逃出去问题不大。"

玄奘一听常生安这么说,笑了。他问常生安:"可是高昌国国王怠慢了你,让你如此急迫逃走?"

常生安摇着头马上否认说:"不是,他如此礼遇你,肯定不是简单地想要听你说法,你的西行之路还未完,我怕再生事端。"

常生安话音一落,麴文泰就来到了重楼,玄奘起身相见,麴文泰快步走过来,他走近玄奘像是扶着一件易碎的古董一般,把玄奘又扶到了宝座之上。玄奘落座后,麴文泰恭敬地站在他面前说:"弟子见了大师之后,昨日又想了一夜,从长安前来,路途遥远,沙漠阻隔,碛路艰难,而大师一人一马,竟能独来,真是奇迹!"说着麴文泰又是几欲落泪,常生安在一旁站着轻轻哼了一声。

玄奘对麴文泰说:"这是我在莫贺延碛遇见的侠客,若是没有他相助,我恐怕难以走出莫贺延碛。"

麴文泰这才转过身正视常生安，他满怀感激地看着常生安说："多谢大侠护卫法师左右，我才能见到法师。"

麴文泰来到重楼后不久，丰盛的早斋就端了上来，各种瓜果蔬菜，还有烤制的各式馕饼，麴文泰给自己斟满了酒，给玄奘倒上了葡萄汁，愉悦地用完了早斋。而常生安也受到了应得的礼遇，麴文泰为他准备了烧鸡等他心心念念的美味。一顿饭吃下来，常生安的不悦消散了不少。

早斋用完，麴文泰因为国事先行离开，他安排了高昌国最负有盛名与学识的彖法师来陪同玄奘，彖法师来后另一位瑞法师也被请来。彖法师是曾经留学长安的法师，通晓大小乘经意，善知法相。另一位瑞法师已年逾八十。玄奘以为这两位法师是前来共同探讨佛理的，没想到两位法师丝毫未提佛理，只是询问玄奘一路走来的艰辛，随即便切入主题。

彖法师向玄奘介绍道："如今高昌国国王笃信佛教，在高昌国内光是大小佛寺就百余所，信众数千，佛寺里的佛徒不必劳作，所有供给全部由国家负责。"

瑞法师又继续补充道："若是当上国师之位，权则盖天下，一人之下万人之上。"

彖法师望着西方，半晌又说："西去之路，路途遥远，雪山沙漠沼泽接踵而至，毒虫异兽不计其数，哪怕是一切顺利，脚程也需要好几年，到时候沧海易变，彼方的摩揭陀国又不知道是什么模样了。"

瑞法师接着说:"不如法师就此留下,国王如此爱戴法师,法师将来的荣耀必定是无上的。"

象法师和瑞法师说完这么长长的一席话,充满期待地看着玄奘,想从玄奘嘴里得到肯定的答案。玄奘沉默不语,常生安倒是在旁边出了一身冷汗,若是玄奘答应就此留下,自己现在还没有找到合适的国家去得到第一剑客的称号,而且这个国王他很不喜欢。他脑子里飞快地在盘算,如果玄奘要留下来,他只能一个人继续出发沿着这条西行之路找到合适的地方。

早上的天空晴朗万分,如今已然是春末时节,万物欣欣向荣,南去的鸟儿也陆续回到了北方,归来的鸟儿从天空掠过发出啾啾的鸟鸣声。众人的沉默被鸟鸣声打断了,玄奘叹了一口气,轻轻摇了摇头。象法师与瑞法师看见玄奘摇头,发出了一声更为沉重的叹息声。

玄奘沉稳而坚定地说:"在从长安出发前,沙门已起誓,不达佛国绝不往回一步,更不会停下来,诸位的法师的好意,沙门谢过了。"

在高昌国王宫内,麹文泰在见到玄奘后终于松了一口气,心满意足地睡了一觉。这一觉是他自从继承王位之后的第一个安稳觉。

麹文泰王宫内有一棵巨大的梨树,树龄已逾百年。这棵梨树曾经是麹文泰与他的胞弟麹文昌最喜欢的娱乐场所,幼时两个人经常攀爬这棵树玩乐,每每一到秋季,梨树上就会结满梨子,最大最甜的梨子是长在枝头的。麴文昌比麴文泰能爬树，每次都是麴文昌爬上去摘那些最甜的梨子，而他摘到最甜的梨子都会给麴文泰。王族子嗣众多，麴文泰与麴文昌却能摒弃权谋成为真正的兄弟。

每当麴文泰看见这棵梨树就会不自觉想起当年的胞弟，他从树上摘下最大的梨子，笑着跳下来递给麴文泰说："哥，给你，这梨最甜。"玄奘到来后，麴文泰想起麴文昌的次数就越来越多，记忆中麴文昌读书时认真而皱眉的样子与玄奘像极了。

玄奘在麴文泰安排的道场开坛讲经，整个高昌国的信众都来了，连同高昌国的王孙大臣们都赶来了。麴文泰因为国事繁忙，只来过几次，他有时站得远远的，虽然听不清玄奘到底说了些什么，但是光看见玄奘就已经让麴文泰感觉安心。在某时某刻，远处的玄奘甚至与他记忆中的麴文昌重叠了，那个过去亲密的胞弟就在不远处。

麴文泰想，他用尽任何办法也一定要把玄奘留下来。

第一声蝉鸣告知了夏天的到来，白杨树在夏风的吹拂下发出沙沙的声响，叶片背面白色的绒毛时而被风吹得翻起来，白杨树在此刻成了绿白交替的海浪。玄奘已经三日没有见过麴文泰了，在常生安的催促下，玄奘打算明日就向麴文泰辞别。按照玄奘原本的计划，要在冬季之前到达素叶城，据说在抵达素叶城之前有一座高山，一到冬季就会大雪封山，无法通过。

在玄奘还没来得及辞别的时候，麴文泰就来了，麴文泰一进门先是如同佛家弟子一般向玄奘恭恭敬敬行了礼，然后在玄奘座下找了个位置坐下来。

麴文泰谦和而恭敬地问道："法师这几日生活可好？小黄门们侍候得可好？"

玄奘回答："沙门所需不多，大王待沙门已是优渥至极。"

麴文泰满意地点了点头，又问道："我已叫象法师询问法师意见，不知意下如何？"

玄奘已经拒绝过两位法师，想来高昌王早已知道，如此再问一遍，更是显露出高昌王强烈的意愿。玄奘道："承蒙大王厚爱，实在十分感激，但与沙门当初誓言不一，所以不能遵命，还请原谅。"

麴文泰并不气馁，继续劝说："弟子曾与先王同游贵国，从隋帝经历东西两京（洛阳与长安），见过的高僧不计其数，但都未生欣羡；如今一闻法师之名，即身心欢喜，乃至手舞足蹈，故留法师止于此，盼法师能受弟子供养终身，令全国百姓皆皈依佛法，并望法师在此继续讲经说法，普度此地众生。还请法师察纳微意，勿再以西游为念。"

玄奘听完皱了皱眉头，躬起身子表示谢意，又道："大王盛情厚意，沙门愧不敢当。只是此次西行并不是为了供养，乃是因为沙门求学数十载，历经隋唐两朝仍察经教缺乏，教义不详，疑惑争议很多，所以才有西行求经之举，我已离长安千里之外，又怎能半途而废？还愿大王察纳我的心志，收回王命。"

麴文泰听到玄奘这么说，呼吸都急促了不少，原本和善的双眸此刻也是睁大了，放着精光。他凝视着玄奘又说："弟子仰慕法师，无论如何一定要留法师供养，葱山可转，此志难移！"

玄奘不看麴文泰，低下头来，声音却是异常坚决："大王一番深心厚意，沙门早已明了。但是沙门西去，目的在于求法，现在法还未得，岂可中途而废？希望大王原谅。况且大王积德修福，位为人主，不但苍生仰恃，而且佛教依凭，理当助扬善举，岂宜加以阻碍？"

麴文泰提高了声调，脸色涨得绯红，他辩解道："并不是本王敢阻碍法师，只是因为敝国没有导师，所以要屈留法师，以引导众生。"

玄奘没有再回应麴文泰，只是叹着气摇头。

麴文泰见玄奘不再回应他的恳求，最后恼羞成怒，几乎是哑着声音喊道："弟子已经安排好一切，法师岂能说走就走？我一定要相留，不然就送法师回国，请法师自己好好考虑一下，还是相顺为妙。"

玄奘在麴文泰说完这席话后，终于抬起头了头，他平静地说："沙门西去，只为求法。如果在贵国受到阻碍，也只能留下沙门的尸骨，沙门的心是留不住的。"

麴文泰听见玄奘如此说，不敢再更进一步，只能退了出来。

常生安对麴文泰的判断终于在这场争吵后尘埃落定，这对于常生安而言是件值得高兴的事情，所以他吹着口哨来找玄奘。玄奘却不如常生安那般高兴，脸色凝重。在居住的道场内，玄奘关上了所有的窗户，点起一支蜡，烛光下玄奘摊开的是《地藏菩萨本愿经》。

玄奘默念经文，常生安进来的声响打断了玄奘。常生安进门就打开窗户，窗外的光亮一下子就涌了进来，玄奘眯着眼睛看着窗户，常生安站在床边，那扇窗户恰好能隐隐约约看见葱山的一角。

常生安自言自语调侃道："那国王夸下海口说葱山可转，此志难移，这葱山长约百里，高达千丈，除非夸父在世可转这山，那国王的意志也只是空口说说。"

常生安听玄奘并未回应又继续说："那国王想要送法师回去，我看他轻易做不到，不如我们今晚就出逃？这一路我掩护你，肯定没问题。"

玄奘合上经书说："生安，你把窗户关上吧。沙门是不会逃走的，沙门并未做错什么事，为何要逃跑？要是国王非要我在这，沙门只能一死了，到时候你自己走便是了。"

常生安听到玄奘这么说，本来打好的算盘落得一场空，内心极度抑郁，他咬着牙恨恨地说："你这和尚，就认个死理！"

麹文泰从道场回来后，心里不安，他感觉未来的一切都是虚幻，任由他如何努力都无法抓住。曾经的胞弟麹文昌是这样，一直岌岌可危的国运是这样，如今的玄奘还是这样。

一种从内而外的疲惫感占据了他，在回到王宫后，麴文泰长长地睡了一觉。在梦里他梦见了麴文昌。

月儿圆，姜糖辣，花灯串成行，凤箫声动，壶光转，一夜鱼龙舞。

麴文昌举着一只绣着麒麟的花灯，眨着眼睛对麴文泰说："王兄，我们去前面看看吧。"

那是麴文泰记忆中最深刻的一次元宵节，那时麴文昌不过十五岁，而他十七岁，两人都是风华正茂的年岁。麴文昌虽已有了成年人的模样，但还是有着少年的稚气，对于元宵节的热闹，麴文昌满心欢喜。

火树银花，浮香涌动，人踏月光，麴文昌跑在前面，不时回头喊着麴文泰："王兄，快来看看这个糖人啊。"不一会又喊着，"王兄，快来猜猜这个灯谜。"

麴文昌当夜的笑声仿佛可以穿透整个夜空，他的笑容成为麴文泰记忆里最亮的一盏灯。

那夜之后，麴文泰再也没有看见麴文昌笑得那么灿烂了。王权的争夺永远都是残酷的，高昌国更甚，两个大国的参与让一切更复杂扑朔。麴文昌与麴文泰都是喜欢大隋的，中原的一切都让他们着迷，而突厥尔汗的凶残也让两人惧怕。麴文昌在那夜之后，与突厥可汗的专使进行了一次密谈，而麴文泰则是依照传统继续依附大隋。

自此之后，两人之间只剩下冷冰冰的阴谋，再无半点血亲的亲热。

彼此的争斗并没有持续太久，先王驾崩后，胜败只在一瞬间。两方索性放下阴谋争斗，兵戎相见。

那一仗是在王城发生的，麴文昌带兵直取王宫，预备直接在王宫内部要了麴文泰的性命。不过那时的王宫已经是一座空城，麴文泰在周围设下埋伏，自己早早离开王宫，待到麴文昌攻入王宫时，举兵围攻。

当麴文泰将剑直抵麴文昌的咽喉时，麴文昌望着他，眼里含着泪，露出一丝欣慰与释然，他甚至还在微笑，笑得自然而舒畅，周围士兵的嘶吼声瞬间变得空旷而遥远，麴文泰在那一刻只能听见自己的心跳声与麴文昌急促的呼吸声。

麴文泰已经很多年不曾忆起这个场景了，如今在梦里再次浮现，让他惊醒。他出了一身冷汗，汗水浸透了衣服，他起床打开窗户，夜风吹动了他的头发也吹干了他的冷汗。在寒冷的夜风中，他想，玄奘不能走，对他个人如是，对于整个高昌国亦如是。

玄奘所在的道场已经很多天没有打开窗户了，整个道场内只有玄奘书桌上的一支蜡烛在发出微弱的光芒，桌上摊着经书。玄奘大多时候都在闭目禅坐，只是偶尔睁开双眼，目光也都是落在经书之上。

麴文泰在玄奘拒绝他之后，令人加倍供养，举国上下的好物几乎都被送到了玄奘的道场之内。但是玄奘已经三日没有进食了，他在以一种沉默而决绝的方式拒绝麴文泰的挽留，这几日麴文泰亲自捧盘，殷勤劝食，可玄奘仍是滴水不进，终日端坐。

玄奘的抗议方式让他已没有任何多余的力气去思考其他，他甚至做好了就如此去见佛菩萨的念头。若不能西去，徒留生命也无意义。等到第四日时，是常生安发现玄奘已经无法再支撑下去了，他的呼吸渐微，脉搏无力。常生安拎着剑冲到了王宫内，在门口被侍卫拦了下来，起初的几个侍卫被打倒，又涌来更多的侍卫。常生安嘶吼着："你这自私的大王，玄奘大师的命都快被你拿了去！你还有什么脸称自己是他的弟子！"

这一句嘶吼让高昌王麴文泰惶恐至极，他赶到道场内，玄奘无法端坐，已经被人服侍着躺了下来。玄奘面色惨白，一呼一吸之间停格半分，麴文泰一见此景，罪责感与内疚感让他无法站立，他跪在玄奘面前谢罪道："弟子愿意放法师西行，请早些进斋。"玄奘听到他这么说，仍未睁眼，身为帝王哪个不是计谋满腹？玄奘虚弱回道："还请大王指日为誓。"

麴文泰听到玄奘这么说，便请来了王母张太妃，麴文泰说："我愿意放法师西行，同时为法师提供一切助力，但是还请法师答应我几个要求。一同起誓。"麴文泰接着说，"一是愿与法师结为兄弟；二是将来法师取经回国的时候，需留在高昌国三年，接受供养。如果将来法师成佛，愿本王能像波斯匿王及频婆娑罗王，做法师之檀越护法；三是请法师继续留在高昌国一个月。"

麴文泰虽说是要求玄奘，但是语气几乎是恳求的。玄奘点了点头，等到玄奘进了膳，稍微休息了一会儿，两人一同在道场佛前起誓。麴文泰看着眼前的佛像，悲喜交加，不禁落了泪。他紧紧握住玄奘的手，说道："义弟，如今你我都在佛前起誓了，定不能违反誓言。"

麴文泰把手里那把剑刺入麴文昌咽喉前，麴文昌笑着说："王兄，高昌国的未来就是你的了。"

这国运之中有着无数人的性命，更包含着麴文昌的性命，这国运对于麴文泰而言太重了。如今大隋变成了大唐，他在迷茫中抓住了一根稻草，本以为这稻草能系住这庞大的国运。但是如今玄奘还是要走，如同当初的麴文昌一般。不过前者是要把他的希望带走，而后者是把希望交予了他。

麴文泰夜里在王宫内宴请大臣，整个王宫莺歌燕舞，乐声袅袅，麴文泰喝醉了，在醉意中，他看见玄奘抵达了摩揭陀国，在那里，所有的荣光披在了玄奘的身上，而他也因此沾到了玄奘的荣光，高昌国国泰民安，河清海晏。

麴文泰为了让玄奘的讲经被更多人听见，特意大开道场，在空旷地方，支起一顶大帐，帐篷长宽有几十丈，可以容纳三百人同时入座。在帐篷的前面有一座高高耸起的法座，法座之上用黄布衬底，用宝石与金丝镶满扶手，法座底部还铺了一层檀香，整个法座威严而奢华。玄奘每日讲经，全国的王孙大臣都亲自前来听讲，而每次开讲之前，高昌王麴文泰都亲捧香炉，迎接玄奘。在玄奘将升法座时，麴文泰伏身跪下以背做磴，供玄奘登上法座。

玄奘所讲经文是《仁王般若经》，讲经场是玄奘从未见过的宏大，信众比肩而坐，都聚精会神地听讲，常生安也从未见过如此郑重而庄严的场所。他那些江湖习气也收敛了起来，每日都在玄奘身前听讲，虽然经书说了些什么他未曾听懂，但是这种氛围是他从未体验过的，好像玄奘每吐出一个字眼，都如同一束束的阳光，把周围暖得明亮温热，身体的每一个毛孔都不自觉张开，在奋力呼吸着。

玄奘讲经耗去了太多的精力，每次都是疲惫不堪，不愿意再多说一个字。常生安每次护送玄奘休息的时候，都见麴文泰无论多晚都会一起送玄奘回去，麴文泰从不埋怨玄奘为何不与他说话，只是沉默相伴。法会持续了一整个月，常生安对于麴文泰的印象大为改观，虽然他说不出什么名堂，但是他对于玄奘的胁迫也好，殷勤也好，甚至是谦卑的服侍都一定事出有因，而这个原因并不会伤害到玄奘。

持续了一个月的法会结束的时候，下起了一场小雨，雨水让帐篷的收尾工作慢了些。雨水对于干旱的高昌国而言是稀有的，从高昌国王到所有平民都由衷地感到高兴。他们觉得这场雨水是玄奘大师带来的福兆。

玄奘在高昌国已经待了几个月，他的心早已踏上了远去的征途。看着玄奘有些焦急的模样，麴文泰也知道玄奘要走了。麴文泰虽然身在高昌国，但也知道这去摩揭陀国的路途艰险异常，所以他提议为玄奘剃度四个沙弥，陪同玄奘上路。这一举动让常生安格外高兴，因为这一路上他与玄奘应付起突变的天气与未知的艰难，已觉筋疲力尽，如今多了四个人，也会顺利许多。

四个沙弥都是麴文泰精心挑选的，除了诚心归顺佛门以外，还需要精通一定的武艺与医术。这样在路上才能有所助力。除了四个沙弥外，麴文泰让高昌国最好的裁缝连夜赶制了法服三十套，考虑到再往西会遇到雪山，气候寒冷，又造了数十套面具、手套、鞋袜等，并送黄金一百两，银钱三万，绫罗绸缎等五百匹，这些备品足够玄奘来回二十年之用。

因为物资太多，麴文泰又配了健马三十匹，挑夫二十五人。并遣殿中侍御史欢信护送玄奘到突厥叶护可汗王廷。又写信二十四封，给屈支等二十四国，每一封信都附大绫一匹，作为信物。此外更拿绫绢五百匹，果味两车，献给叶护可汗，并附国书道："玄奘法师是奴弟，今欲往摩揭陀国求法，路过西方各国。愿可汗怜师如怜奴，仍请敕以西诸国给驿马，递送出境。"

在玄奘出发之前，这些物资就被送到了道场，整个道场的空地都堆满了。常生安自告奋勇地负责打理这些物资，说是打理，不过是见到这些物资价值不菲，他害怕被人偷了去。常生安一边清点物资，肚子的话就越来越多，等到物资全部规整完毕后，溜到了玄奘那里。

这一路上常生安从未请教过玄奘任何问题，如今他遇到了个问题，这个问题关于麴文泰。

"大师，你说人心到底怎么才能看清呢？"常生安问玄奘。

"人心从来易变的，看不看得清不是你能决定的，是要看对方愿不愿意让你看清。"玄奘回答道。

常生安听到玄奘这么说，若有所思。玄奘看着常生安苦恼的样子笑了："你是说国王的举动让你看不懂吧？"

常生安急忙点了点头。

玄奘继续说："他不过是太执着了，急着要抓住一切可能，成佛也好，国运也好，对他都太重了。"

常生安迟疑着说："可是……如今……他对大师您可是情深义厚。"

玄奘点了点头，慨叹道："是啊……"

玄奘离开的日子越近，麴文泰就越难过，他常常站在院子里看着那棵梨树出神，一看就是好几个时辰。他明白，玄奘这一走短则几年，长则十几年都无法再见。而斗转星移，沧海桑田，他愿意等玄奘回来，可是这世间不知是否允许他的等待，他不知。

当初胞弟麴文昌也曾说："我要等到王兄坐上王位那一天，与王兄大醉三日。"可他并没有等到那一天。想到这，麴文泰不禁伤感地落泪。

玄奘出发的那一天，麴文泰一夜未睡，午夜就起床梳洗，待到天际有了天光，他本想散步，可是不知不觉又走到了梨树下。直到王妃在他身后轻声提醒他："大王，玄奘大师要走了。"他这才回过头,把自己从记忆中抽离出来,这短短几月,他把玄奘当尊师、当救星、当依靠、当兄弟。

玄奘是步行走出王城的,整个高昌国王城几乎倾城而出,玄奘走在前面,挑夫马匹在后,王城的诸僧及大臣、百姓站在两侧送别玄奘。此情此景如当初玄奘刚到高昌国一般,只是当初所有人都是喜乐欢笑,而如今大多数人都是挥泪呜咽。高昌王麴文泰在王城门口抱着玄奘,不禁恸哭,麴文泰心中有千言万语,此刻却说不出一个字,只剩下难舍的呜咽。

玄奘见到麴文泰如此,想到他的情深义重,又想到前途崎岖,不禁也落了泪。晨风吹来,吹干了一行泪,两人又落下一行,风不止,泪水泅湿了衣襟。

王城的僧俗臣民也都被感动得哭起来,悲伤的离别之声,震动了城外山谷。

玄奘走出王城后,麴文泰不肯走,带着王妃与诸位大臣又送了数十里路,麴文泰还想再送送玄奘,被大臣们劝住,这才恋恋不舍地与玄奘告别。

麴文泰嘱咐玄奘:"路途难行,义弟多加小心,王兄在这等你归来,无时无刻不为你祈福。"

玄奘点头,紧紧握住麴文泰的手,承诺道:"王兄放心,玄奘到了摩揭陀国学成归来,必定回来履行与王兄的约定。"

太阳已然照亮了整个山谷,玄奘一行人渐行渐远,麴文泰还伫立在原地一直挥手告别,对于他而言,这是人生中最认真的告别。

第五章

冰山的考验

　　漫长的旅途对于人的身体与精神都是一种考验，有的人因为习以为常而处之泰然，有些人却反应激烈疲于应付。对于玄奘和常生安而言，他们是前者。玄奘在从长安出发之前已经刻意锻炼过自己的身体来适应漫长的旅途，常生安行走江湖许多年早已适应，只是那四个从高昌国带来的沙弥没有那么强大的适应能力，一路上除了上吐下泻外还有两个发起了高烧。玄奘的队伍不得不走走停停，不过这倒也是好事，至少打消了常生安给大家一展武技的念头。

　　从高昌国出来，一半的路程都是戈壁，戈壁干旱少雨，除了几簇骆驼刺和芨芨草之外没有任何植被。而动物就更少了，常生安数了一下，一共见到了一小群的黄羊、一只沙狐和一只探出脑袋的土拨鼠。路上大多数人都是安静的，玄奘在心念经书，高昌国派来的挑夫与沙弥都寡言少语,只有吃饭与休息的时候才说两句话。常生安耐不住寂寞,一路都在说话,有时大家接不上茬,他就开始唱歌,唱的都是些酒肆里面学来的歌。常生安嗓音低沉,唱起那些关于国破家仇的歌,倒也是声声动人。

一行人走了百里,终于来到了阿耆尼国。阿耆尼国是高昌国的邻国,因此地貌差不多,只是比起高昌国来,有了更多的山谷与绝壁。玄奘一行抵达阿耆尼国后,因为此国之前与高昌国结怨,所以不肯提供饮水补给。玄奘一行人只能自行找水源,而在阿耆尼国有一处水源名声最大,连街边的小孩都知道——那就是一处名叫"阿父师"的名泉。

据说以前曾有商旅数百人途经这里,水都用光了,一行人饥渴疲惫,不知道该怎么办。这时候,其中的一位僧人,什么东西都没带,一路上都靠大家供养过活,可是他一点儿也不紧张。于是就有人建议说:"这位师父是学佛的出家人,所以我们一路供养他饮食,现在断了饮水,我们都很着急,他却一点儿也不忧虑,也该叫他想想办法啊!"说话的人,原本带着责备的口吻,但没想到这位僧人听完,却一口答应下来,并对大家说:"你们想要得到水,先要礼佛,接受三皈五戒,然后我再为你们登崖求水。"大家虽然半信半疑,但眼看别无他法,只得听从他的话,全体遥空礼佛,接受了皈戒。受戒完毕,僧人又让众人等他登上绝壁后,一起唤:"阿父师为我下水!"不久,果然水从半崖涌出,大家无不欢喜雀跃,赶紧将皮囊盛满泉水。可等到水都接满了,不见僧人下崖，于是大家都登崖寻找，才惊见僧人已经端坐入灭。大家为此悲号不已，依照西域的礼法，在僧人的坐处举行火葬，并聚砖石为塔。

玄奘一行人抵达阿父师泉的时候，这塔还在，塔前还有许多人取水，泉水源源不绝且清澈甘冽。玄奘听到关于阿父师泉的传说后，深受感动，当即带领大伙一起礼佛，连不信佛的常生安都恭敬地鞠了躬。众人取水完毕，天色已晚，当夜就宿在泉旁，常生安点起一堆篝火，玄奘拿出地图，第二日便要过凶险的银山。这银山又高又广，到处都含有银矿，因而西域各国都在争夺这里。山里除了由各国重兵把守的采矿点之外，更有无数流寇强盗。

这银山无疑让众人有些担忧，夜里入睡前，常生安悄悄到了玄奘身边叮嘱道："明日过银山，若是遇见强盗，你跟紧我，我保你周全。"

玄奘想到常生安武艺高强，刚准备问他，为何只保他一人，不能一起保护大家。可玄奘还没发问，常生安就一溜烟到一边睡下了。玄奘想到，即便武艺再高强的人也无法护得这么多人周全，想到这，玄奘不由担心起了第二日的行程。

第二日，天还未亮，玄奘一行人就收拾行李准备向着银山出发。离银山越近，才越发现银山的高大，山上植被较少，大都是些青色的岩石，山中沟壑纵横极难攀缘，但是来往采矿的人从中开出一条道来，这进山的路才平坦起来。说是路，不过三人之宽，两侧都是山壁，因为山壁高耸，人声有了回音。玄奘一行走过这一段刚入山的山路，整座银山豁然开朗起来，进入山腹后，地势变得平缓，地上的植被因为得了雨水的滋润茂盛了些，茅草、沙地柏、沙柳，甚至还有一簇簇不知名的小黄花点缀其中。

众人正缓了口气，欣赏这银山中不一样的风景时，耳边忽然传来一阵阵锣响，响声从两侧传来，声势浩大，由远及近。锣声越来越近时，几个头戴黑巾、手握大刀的强盗从山两侧冲了出来，先是几个人，后来这些强盗瞬间就汇集成二十多人。这二十多个强盗，把玄奘一行人团团围住，各个凶神恶煞，面露凶光地盯着他们。挑夫、四个沙弥、常生安把玄奘围在中心，常生安抽出佩剑立在玄奘面前。

强盗们还没说话，常生安抢先一步大喊道："你们这些蟊贼，竟敢打起爷们的主意，我看你们是活腻歪了！"话音一落，常生安便跃了起来，臂下生风，一剑劈死了打头的一个强盗。强盗们见到同伴被杀，一拥而上，霎时间，刀光剑影，杀机四伏。常生安这一剑打乱了强盗们的计划，见到常生安武艺如此高强，这些强盗们都心怀畏忌，不敢全力出手。四个沙弥会些武艺，挑夫们虽然不会武艺，但是身强力壮，在打斗中强盗们处于劣势。不一会儿，常生安又砍死了几个强盗，而玄奘一行只有几个挑夫受了伤。强盗们见势不妙，一声尖利的哨声响起，强盗们四散而去。

等到彻底看不见这些强盗的身影，玄奘一行人才松了口气。几个挑夫长叹一口气，瘫软在地，刚刚的奋起反抗皆是因为求生欲，如今危机解除，浑身再也拿不出一点儿气力。常生安站在高石上看了一会儿回过头说："蟊贼们都跑了，但是此地开阔，不适宜久留，大家还是快快起来赶路吧。"

玄奘一行人担心这些强盗又返回来加快了脚程，夜幕降临前，赶到了银山半腰的一条河旁，这河水在青岩中冲出了一条宽阔的河床，河水隔开另一侧的山崖，这里地势安全，不易被袭击，玄奘一行决定在河边过夜。在河边，玄奘一行人遇到了一队胡商，胡商们只是在河边生火吃饭，并未打算过夜。玄奘劝说他们留下过夜，山里的强盗横行，夜里又瞧不见路，更容易出事。可是胡商们不听劝阻，执意要赶夜路。

胡商们一走，常生安就慨叹道："完了，这怕是完了。"

玄奘带着责怪的意思看了常生安一眼，常生安闭了嘴，装模作样地双手合十念了几句阿弥陀佛。这个举动把这些挑夫们都逗笑了。

在河岸驻扎后，吃了几天干粮的常生安建议生火做一顿热乎饭。常生安用带来的面粉煮了整整一大锅的汤饼，让大家大饱口福。在吃完饭后，常生安迅速把那堆篝火熄灭了，沙弥有些不解地问常生安为何。

常生安对强盗先发制人，如今又熄灭了篝火，大家都有些疑问。常生安倒也是豪爽，熄灭了篝火之后，他叼着根草梗坐下来，玄奘一行人都把他围在中间，尤其是那些挑夫眨巴着眼睛很好奇。

常生安一副担忧而又得意的表情对大家说道："那群强盗第一

次冲下来其实只是探探我们的虚实，我在路上率先出手，是为了虚张声势，先吓他们一下，让他们摸不清底细，若是他们知道我们这些人中只有我一人懂武，岂不是要把我们都宰了去？到时候人财两空。如今熄灭了篝火是为了不引人注意，在河边过夜，河水能盖过我们的声响，如今篝火一灭，任凭他们再有能耐也不易找到我们。"

沙弥又问道："刚才在这里的胡商会怎么样？"

常生安没有说话，警惕地看了一眼玄奘，生怕又被责备，然后摇了摇头。

第二日，玄奘一行人走了不过十来里路，就看见了那些胡商们的遗骸，血渍洒了一地，财物早已消失，这惨烈的场景让大家唏嘘不已。玄奘吩咐挑夫们用沙土与石子把他们的遗骸都掩盖了起来，玄奘与沙弥们念了超度的经文才继续开始赶路。在阿耆尼国停留了一夜后，他们终于到达了屈支国。

在屈支国，因为有高昌王的信件加之玄奘的名声，玄奘一行人受到了隆重的接待，屈支国国王安排玄奘在初一寺休息，僧俗们对玄奘的到来表示了欢迎，按照西域礼节，他们用鲜花洒满玄奘周身，又拿来甘甜的葡萄汁让玄奘饮用。屈支国最享有威名的僧人木叉毱多一直陪在玄奘左右，这位木叉毱多，是享誉西域的大法师，博闻强记，在屈支国威信极高，国王及百姓都敬重他，号称"独步"。他曾游学印度二十多年，读遍了众经，而且最擅长声明。他虽然陪着玄奘，但不过是奉王命陪同，在他心里，他只是将玄奘当作一名普通客人来看待。

等到众人散去，在初一寺，木叉毱多听说玄奘要西去摩揭陀国，便对玄奘说："在屈支国这里《杂阿毗昙心论》《俱舍论》、毗婆沙等应有尽有，足够学习，我劝你不必西行，徒受辛苦。"玄奘问道："不知道这里有《瑜伽师地论》吗？"木叉毱多忽然脸色一变，皱着眉头略带愠怒地说："你要这邪书做什么？真正佛门弟子，是不看这书的。"玄奘听到木叉毱多这么说，原本对于他的尊重瞬时消失，玄奘冷冰冰地回答道："《俱舍论》、毗婆沙，敝国也有，遗憾的是它理疏言浅，义不究竟，所以专程西行求经，要学大乘《瑜伽师地论》。这《瑜伽师地论》是当来下生佛弥勒菩萨所说，现在您说它是邪书，诽谤大乘经典，不怕堕入无间地狱吗？"

木叉毱多提高声调说："毗婆沙等论，你未必能解，怎么说它理疏言浅？"

玄奘反问道："法师都能解吗？"

木叉毱多自信满满地说："我都能解。"

玄奘便引《俱舍论》初文来问，哪知一开头木叉毱多就答错了。玄奘再进一步追问，木叉毱多马上脸色大变，呼吸急促，怒目相视，说道："你再问别的地方。"玄奘再提出一条，木叉毱多也不记得，硬说论理没有这句话。当时正好有初一寺其他僧人在，懂得经论，即出来证明《俱舍论》里面确有这句话，当场取出论本对证。

木叉毱多一看有论本对证，面色如土，支吾着说道："年纪老了，记性不好。"

玄奘一看他已经理屈词穷，不便再去追问，就起身告辞。

玄奘与木叉毱多的辩论，让常生安对他更是肃然起敬。他崇拜地夸奖玄奘："大师这辩论简直与我的武功水平不相上下，你看你仅仅几句话，就把那个傲气的木叉毱多说得毫无还嘴之力。"玄奘对于常生安的夸奖从来都不当真，不过木叉毱多既然是屈支国最受人尊重的法师，那么更坚定了玄奘西去的愿望。

屈支国的酒是用新鲜葡萄酿制，酿制过程极为考究，在发酵完毕后，所有酒桶都需要移送到地下的冰窖进行冷藏，冰窖里都是去年冬季在河里挖出的冰块，因此这里的葡萄酒除了酒香之外，更有甘甜之气，甚至隐隐约约能品到冬日飘雪的清冽。

正是这出色的酒，让常生安在屈支国的日子过得格外逍遥自在，玄奘住在初一寺，所以常生安常常因为喝酒的缘故，见不到玄奘。得知玄奘一时半会是不会离开屈支国，常生安安了心，在外面与美酒做伴晃了好几日。

直到他想起来西行的事情，这才从醉意中清醒过来。常生安抓住酒肆的小二问："我到这里几日了，来屈支的玄奘大师走了没？"小二被常生安问得一头雾水回道："你在这醉了三天，可是把小店的酒都要喝完了，至于你说的玄奘大师，小的从没有听说过这个人。"

常生安一个激灵酒全醒了，按照玄奘赶路的安排，如果没有特别的事情，最多在这种小国停留一日，第二日便会启程。常生安一路小跑到了初一寺，寺中僧人如常，他直奔玄奘的房间。玄奘正在焚香默经，常生安一进门看到玄奘人还在，长舒了一口气，自顾自地说："还好大师没走。"

玄奘睁眼说："前面的凌山下了一场大雪，道路未通，可能还得在这待上一些时日。"

常生安抱怨道："已然是春末，怎么还在下雪。"

玄奘说："凌山高耸入云，山上山下两重天，怕是夏季也会下雪。"

常生安找到一处坐下，关心地问玄奘："最近那个木叉毱多可又来找过大师？"

玄奘面带笑意地说："如今他见了我，都是躲着走。"

常生安接下话："我们习武的行当也有这样的人，心有猛虎却是个软脚虾。要我遇见这种人一定要好好教训他一下。"

玄奘摇了摇头说："世间所有的傲气不过是贪嗔痴中的痴，自以为了解了海洋，其实只是站在了海边，心不定，眼不开，见到的太少。"

常生安若有所思地点了点头，无厘头地接了一句："大师饿了吗？该用晚斋了吧。"

玄奘看着常生安笑了起来。

在屈支国停留的这几日，玄奘除了温习经文之外还去拜访了木叉毱多，木叉毱多不敢再像之前那样妄自尊大，而是恭恭敬敬地站着与玄奘对话，在玄奘走后他对旁人说："这个唐国法师不容易应付，他要是到了摩揭陀国，那些年轻人恐怕没有一个能超过他。"常生安则隔几日去一次酒肆，回来后与玄奘说说话，常生安天性好动乐观，也给玄奘带来了不少欢乐。

凌山的雪在几日晴空暴晒之后化了，玄奘一行人终于离开屈支国，向着凌山出发了，屈支国国王又送了玄奘许多马匹及挑夫，并亲率僧俗等送到了城门外。

在抵达凌山前，玄奘一行路过了跋禄迦国，过了跋禄迦国之后就看见了真正的凌山。在跋禄迦国，关于凌山的传闻多了起来，比如在凌山内有四臂雪猿，这四臂雪猿力大无穷，可以轻易地将一个成年男子撕裂成两半，凌山深处是它们的领地，一旦深入就会遭到雪猿的袭击。还有在暴雪天出没的雪蝇，这些雪蝇以人血为食，遇到夹杂着雪蝇的暴雪天，只要有一点点皮肤外露就会被吸干血。当然凌山内部也有宝藏，据说是上一代突厥可汗藏在那里的，可惜的是没有人曾找到这些宝藏，凌山的山顶上还生长着千年雪莲，传说只要服下一朵即可延年益寿。

这凌山在葱岭北面，山势险峭，矗立云霄，不见山顶，冰雪所聚，积而成凌，终年不消；仰望时，只见一片白皑皑，看不到边际。断落的冰峰横于路侧者，或高百尺，或广数丈，冰裂之时常发出轰轰巨响，响彻山谷。跋禄迦国因离凌山很近，整个国家也得益于这种地缘优势,贩卖御寒皮毛、马匹、铁制登山杖的小贩们挤满了整个跋禄迦国王城的街道,叫卖声不绝于耳。

玄奘一行人在王城的街道上采购了一些攀爬凌山所需的物资,打算休息一夜后再出发。在夜里,因为海拔的升高,玄奘不得入眠,便起来四处转转。跋禄迦国的国寺不如前几个国家的宏伟,大殿也仅仅是比一般房屋高了一些,在大殿之外是一处广阔的院子,院子上铺满石砖,除一鼎香炉与一棵粗壮的榆树外别无他物。玄奘在院内踱步,寺中其余的屋内都是一片黑,大家都睡熟了。

玄奘在院内抬头看着星空时,忽而看见房顶坐着一个人,那人伸着腿,手里拿着一壶酒惬意潇洒。那人也注意到了玄奘,开口说道:"大师,也睡不着啊。"

这声音一传来,玄奘就知道是常生安。玄奘回道:"是啊,生安兄不也没睡吗?"

常生安笑道:"我是来数数这星星。大师对明日去凌山有什么安排吗?这些本地人把那凌山说的神得不行。"

玄奘说:"这一路,万事无常,不都是随机应变吗?"

常生安点点头说:"倒也是,未来的事情,谁也说不准。"

玄奘问道:"在野马泉时,你说要去一国做第一剑客,如今过了这么多国,还没有遇到合适的吗?"

常生安若有所思地答道:"不知为何,跟了大师后,忽然觉得远方才是家。"话音一落,常生安忽而惊呼一声,"大师快看,有流星!快许愿。"

常生安马上双手虔诚地合十，玄奘看着眼前的流星，在夜空中，繁星璀璨，一颗流星化成一束光从空中划过，紧接着又有一颗流星追着前一颗流星的尾巴从天际划过。玄奘本不觉得这是神迹，不过是日常，此刻竟也学着常生安双手合十许下了愿，愿能平安越过凌山。

凌山之大之高，只有远看才能发觉，真正走近了凌山，身在此山中，反而不觉得山之高大了。玄奘一行人在凌山脚下不觉严寒，头顶的烈日甚至还能带来暖意，路上也不见积雪，都是些碎石，在碎石中甚至还生长着骆驼刺。玄奘一行人不觉疲惫，一路上行进速度很快，到了半山腰的时候，地貌不知不觉发生了巨大变化，冰雪增多，很快地面只剩下白皑皑一片，众人在鞋底绑上干草防止打滑。在凌山爬至傍晚，众人还在山腰，可见凌山之高。

在山腰找了个避风处，众人歇了一晚，第二日一早又继续开始攀爬凌山。第二日的路程与前一日有天壤之别，路上基本都是冰雪，山体陡峭了很多，行至中午的时候，众人来到了一大片冰坡上，玄奘走在队伍中间，前面是挑夫与马匹。在行至一半的时候，脚下的冰坡忽然发出咔咔的声响，众人停下来观察。玄奘作为整个队伍的核心说："大家务必小心，凌山地形复杂，状况多变。"

一行人减慢了行进速度，又走了一段路。脚下冰坡的咔咔声越来越密集，走在最前面的挑夫和马匹伴随着一声尖叫瞬间消失，前面的挑夫忙喊着："停！停！停！"随后继续喊道，"前方出现冰缝，冰缝宽数丈，深不见底！"众人见此状况，惶恐不安。玄奘慢慢走到队伍最前面，见那冰缝如巨兽牙齿参差不齐，边缘地带还藏匿在积雪与薄冰之下，由此可见这冰缝无处不在，却瞧不见，只有人马真正踩上去才显露。前面那段路是运气好，没有遇见冰缝。

玄奘马上让所有挑夫、马匹、沙弥等系上粗麻绳，连成一排，逐次前进。在即将越过冰坡时候，队伍中间的沙弥因为脚下一滑脱离了路线，触发了另一条冰缝掉了下去。幸亏大家都系着麻绳，前后共同用力把那沙弥拉了出来，沙弥脱险后吓得脸色苍白，身体不住颤抖。

在夜幕时分，一行人终于从冰坡走了出来。因为死了个挑夫，众人士气低沉都有些害怕。从冰坡出来后，地上再无土地，只剩下冰雪。夜宿时大家只能把带来的皮毛垫在冰雪之上入睡，寒气深重，从四面八方涌来，所有人基本都是在半睡半醒中度过了一夜。

随着越接近山顶，遇到的状况越多。海拔的升高让马匹基本寸步难走，大家不得不把一些不必要的行李丢掉，减少马匹的负担。除了玄奘与常生安外，几乎所有人都感受到了头疼气喘。这时候，几个沙弥拿出在跋禄迦国买下的红参让大家嚼碎服下，众人才觉得好一些。

冰雪路面加上山体陡峭，大伙不得不拿出手杖辅助登山。玄奘见所有人都疲态显露，所以走上几百米就招呼大家停下来休息。越是靠近山顶，天气越是瞬息变化，一会儿是晴天，一会儿又是乌云密布，不过所幸的是一直没有下雪。在快要接近山顶的时候，玄奘让大家停下来，他仔细看了看这些天上的云，可是他并不懂天象，只能从风向上判断出山顶的状况如何。这个时候，玄奘忽而想到要是何宏达在就好了，那个会占星的居士一定能预测出山顶状况如何。

　　风往东吹，而山顶那几朵薄云在东风下正在慢慢散去，玄奘催促大家抓紧时间越过山顶，一众人铆足了劲往山顶冲刺。在最后一个挑夫站在山顶的时候，他向下望去，滚滚乌云如同潮水一般袭来，队伍在他眼里如同一截短短的绳线正贴服在山壁上。他又往后看了一眼，他们爬上来的另一侧山依旧是晴空万里。挑夫喊了一声："风雪来了！"随即，他再也看不见那根由人组成的绳线，只剩下满目的白，那些白化成一个巨大的拳头，将他整个人掀翻，他在滚落山崖的那一刻，看见天空像是盖上了一根宏伟的羽毛，雪从山的另一侧一点点蔓延过来，那些蔓延而来的雪花在阳光下发出五彩的光圈，那是他第一次也是最后一次看见人间如此的奇景。

　　风雪袭来的时候，马匹首先发出了尖锐的嘶鸣声，这些嘶鸣声起先刺耳，当风雪整个把人群盖住的时候，嘶鸣声听起来空旷遥远，风夹杂着雪让所有人都无法看清路，每个人只能牢牢抓住腰上系着的麻绳。每一个人都在呼救，那些雪粒在疾风的助力下击打着每个人外露的脸。这时候不知道是谁扯破了嗓子喊了一声："雪蝇来了！"原本维持平衡的麻绳瞬间被大力撕扯，变得歪歪扭扭，原本风雪极大，都是靠着众人的力量才能立于风雪中，这时的恐慌击溃了大家的信念。

风雪中，几十人像是碎石一般被吹散，尖叫声、呼救声、呐喊声也被掩盖在风雪中。玄奘在风雪中极力稳住自己，玄奘前面的是常生安，后面的是从高昌国带来的四个沙弥，五个人在慌乱中依靠着麻绳找到了彼此。麻绳不断地拉扯着他们，常生安不得不举剑砍断了麻绳，几个人幸运地找到了一处凹地，五人紧紧抱在一起，形成一个人环抵御风雪。

四个沙弥，先是年纪最小的沙弥发出了哭声，他的泪水落到了旁边沙弥的手上，温热的泪水与冰冷的雪花马上被区别开，之后四个沙弥都哭了起来。风雪吹得人喘气困难，因此哭声听起来是颤颤抖抖、断断续续的。话语声在此刻显得无力，玄奘听到哭声后，他摸索着找到每一个沙弥的手，紧紧握住，然后又轻轻地拍了拍他们的手背。沙弥们得到了玄奘的安抚，找到了主心骨，很快止住了哭声。

风雪一直吹了半个多时辰，等到风雪减小的时候，玄奘站起身来喊了声："佛祖庇佑，山下无风，快下山！"原本走散的人，零星地站了起来，玄奘走在前面，一手顶住迎面的风，一边走着，他原本穿着御寒的皮毛，此刻他把皮毛脱了下来，露出里面艳红色的袈裟。在白皑皑一片的苍茫里，这一抹红色显得如此闪耀。

那些人追着一点红色,咬着牙,相互搀扶着,一小步一小步地与风雪抗衡。在走了一段后,果真如玄奘所言,佛祖庇佑,山下一片晴日。

玄奘带着大家走出风雪后,身体已然冻得生硬,手指无法弯曲,他顾不上自己的身体,回过头点数人数。一场风雪,让原本几十人的队伍,只剩下十几人,那十几人都冻红了脸,嘴唇发紫。

玄奘心中悲切,落了泪。众人见玄奘落了泪,都呜咽着哭了起来,哭声整齐而又哀伤,仿佛在控诉这凌山,又仿佛在哀悼遇难的人。

常生安找来一些枯枝生起一堆篝火,因为山中植被稀少,篝火只是小小一堆,可这小小一堆的篝火散发出的光和热,让所有人从刚刚的恐惧与哀伤中脱离了出来。储备的食物丢失大半,只剩下一小袋黍米。常生安自告奋勇地用这一小袋黍米给大家煮了一锅粥。一碗粥让生还的挑夫们露出了笑脸,而沙弥们也恢复了常态。

玄奘吃了粥之后一直沉默不语,等到大家都休息了,玄奘还在打坐念经,常生安就守在玄奘身边,等到玄奘睁开眼的时候,常生安还未睡下。

常生安问:"大师可是在为那些遇难的挑夫超度?"

玄奘点了点头说:"沙门修为有限,不过是为他们多积攒一些福德。"玄奘说完这话,有些哀伤地问常生安,"生安兄,你说这一路的无常变化,沙门自以为是佛祖对我的考验,沙门愿以性命接受这些考验,可是随沙门一路西行的人,他们原本不知西去为何,只是追随了沙门,沙门却让他们丧了命,沙门想,若是可以,沙门愿意替他们受到无常的折磨。"

常生安第一次听到玄奘如此诉苦,一时不知如何安慰,只能沉默地继续听着。

玄奘又说:"这西行一路,沙门知道艰难异常,遇到的困难越多反而越是坚定了沙门向西的愿望,若是不能带来真正的佛意,解众生之苦,沙门这颗心到寂灭也不能安定。"

火光印照着玄奘坚毅的脸庞,常生安以往的江湖生涯告诉他,慈悲必是软弱无能,但是这一刻的玄奘,让常生安觉得一个人既可以慈悲,又可以刚毅决绝。

常生安怕自己流露出的感情被玄奘看见,别过头说:"大师多虑了,那些人都是自愿跟着大师,如今是死或是生都是他们自己选择的际遇,大师慈悲所以愿替他们受苦。"常生安顿了一下又接着说,"若是有一天,在这西行路上我也死了,与大师无关。只愿大师能到西方,求得真意,造福众生。"

当天夜里,玄奘做了一个梦,梦中有个雄厚而威严的声音说:"西行是你的发愿,而这一路追随你向西的人,也是他们的发愿,只是有的在此世,有的在他世。都是功德。"随即玄奘看见那些面容模糊的挑夫,站在七彩云端,朝着他挥手,朝着他致谢。

翻过凌山山顶后，另一面越往下走越呈现出另一番景色，得雨水的滋润，这里的植被多了不少，而凌山的雪水从桀骜不驯也变得乖顺起来，化成一条河水从山间流下来。景色变得美丽，众人的心情也变好。常生安又讲起了笑话，唱起了歌。

在行至快到山脚的时候，有一片密林，密林的树间穿梭着白尾猴，这些猴子跳来跳去，随着玄奘一行人走了好一段，他们休息的时候，这些白尾猴就坐在树端望着他们。有几只小猴好奇得很，跳下树来，拉扯他们的行囊，有几只白尾猴甚至从行囊里扯出几只御寒的皮靴带上了树。

皮靴被盗，让常生安恼怒不已，他举着剑吆喝着，吓跑了这些白尾猴。没想到一行人快要走出密林的时候，这些白尾猴记仇，联合起来把常生安戏弄了一番。等走出密林常生安骂骂咧咧地说："这些皮猴子，估计就是传说中的四臂雪猿，不吃人，专门戏弄人。倒也是让人生畏。"

密林走出之后就基本抵达了凌山的山下，山下地势平缓，草长莺飞，沙弥和挑夫们在这水草丰满之地找了些野果野菜，常生安抓了一只野兔，找了个山坳偷偷和几个挑夫烤了顿兔肉吃，几个人从山坳出来的时候，嘴角带油，笑容满面。

一行人又走了半日，见到一片清池，这池水千年不冻，烟波浩渺，一望无际，在池边遇见几个放牧的人，这些牧人说，此湖名为云热海，因为接邻凌山而不冻，所以名为热海。牧人们得知玄奘一行是从凌山下来，投来敬佩的目光，牧人们说："凡前往凌山者，百人去归者寥寥数人。"

玄奘到了云热海边，回头望了一眼背后的凌山，那凌山只有一半在云层下显露出山体，山体宏伟又陡峭，宛若一把巨斧横亘天地之间，劈云立地。

常生安随着玄奘的目光也回望了一眼凌山，他慨叹道："来时路远。"

他又往西看了一眼慨叹道："去时亦远。"

风吹来，湖面上的白鹭御风而起，众人皆举头望着白鹭，一行行白鹭在湖面盘旋一周，向着西方飞去。

第六章

草原上的火与光

春夏两季的交接并不明显,似乎只是叶子更绿了些,雨水更多了些,夏天就到来了。对于西突厥的叶护可汗来说,夏天是他最为期待的季节,林子与草原上的野物经历了春季的滋润,变得健壮而肥美,天气又适宜出行。所以每个夏季,叶护可汗都会带领一众官员进行盛大的围猎活动。

西突厥的围猎活动不像隋唐那样兴师动众,整个西突厥上至可汗下至平民都是在马背上长大的,自由惯了。围猎起来,都习惯是走哪猎哪,围猎常常会花去大半个月的时间。在今年的围猎中,叶护可汗选择了向东出发,一路上遇到猎物多的地方便会安营扎寨,一路走走停停,终于在十几日之后抵达了西突厥的素叶城。

素叶城是西突厥东方较大的城,城中居民有几万人,各个部族的人都有。从凌山流下的河水将这里冲刷成了一片宜居的土地，得益于水，素叶城又在西突厥被称为水城。环绕在这里的一大片土地都是水草丰茂，而越往东走，山脉越多，地形起伏越大，动物的品种也比草原上多了起来。叶护可汗在素叶城停留了一日便准备出发，在他刚刚迈出素叶城的时候，远远地有几个人向他走来，从那些人的行走姿态与所骑乘的马来看并不像是西突厥的子民。叶护可汗挥了挥手，让狩猎的队伍停了下来。

那些人慢慢走近，为首的是个僧人。

僧人见到叶护可汗眼神里充满了尊敬，他双手合十，恭敬地弯下了腰，而其余的人都单膝跪地。

僧人说："尊敬的可汗，沙门是大唐而来的玄奘，现在要去西面的摩揭陀国，路过您的国家。"

整个西突厥并不信仰佛教，但是他从这位陌生僧人身上感受到了一种他从未见过的笃定与自信。

玄奘早已在高昌国听说过叶护可汗的名字，他勇猛无畏、气度恢宏、权略善战，掌控的西突厥是可以与大唐对立而不示弱的国家。唐初，这也是让大唐最为忌惮的国家。但是当玄奘真正看见叶护可汗的时候，他才明白那些夸奖并不为过。叶护可汗身着绿色绫袍，前额缠着一丈多长的素绸，两端拖在背后，素绸随风飘扬，一副威仪不可侵犯的样子。他座下的骏马更是高大，体格健壮，棕红色的毛发在阳光下熠熠发亮。可汗随从的上百位官员，环绕在可汗的左右，士兵们更是数不过来，黑压压一大片站在官员后面，站在前排的士兵或是手持短刀，或是拿着弓箭。大小不一的旗子在整个队伍上空飘扬而起，旌旗猎猎，毫无保留地宣扬着他们的强大。

玄奘率先跟可汗说话的举动，让周围的官员惊讶不已，他们想要走到玄奘身边将他拿下，毕竟贸然前来对于可汗来说是一种不尊。可汗摆了摆手，让那些官员停下来。玄奘从行囊里拿出高昌国国王的信件，本来带给可汗的礼物因为凌山遇险只剩下一成，玄奘把信递给可汗身边的人，可汗没有打开玄奘递上去的信，他注视着玄奘，面容严肃。

所有的人都以为玄奘冒犯到了叶护可汗，连在一旁的常生安都冒出了冷汗，这位可汗一旦发起威来，他们根本无力对抗。

良久，叶护可汗忽然想到了什么，问道："你可是玄奘？"

玄奘低下身子回复道："沙门正是玄奘。"

叶护可汗原本肃穆的面容听到玄奘的回答后，就像是冬日的冰河消融了一般，笑了起来，叶护可汗说道："早先麴文泰已经派信使告诉了我关于你的事，我并不懂你们的佛，但是如今你有勇气可以直面我，那是比草原上最勇猛的战士都要厉害。我听说你是要西去佛国，这佛国远在千里之外，你这勇气又得加上一层啊。"

玄奘见可汗露出了笑脸放下心来，说："是的，沙门曾经发下宏愿，要到佛国取得真经。此次前来，义兄本让沙门带了厚重的见面礼给尊敬的可汗，可是因为凌山风急雪大，路途险恶，损失大半，希望可汗能谅解。"

可汗让侍卫把高昌国国王的信又还给玄奘，说道："礼物并不重要，我这里可比那区区高昌国要富足得多，我现在要到远处狩猎，十天内会回来，请法师先行进城休息，等我回来再看你带来的信吧。"随即，可汗派了一位近身侍臣护送玄奘去王城。

可汗吩咐完一切就驾起马奔驰起来，庞大的队伍浩浩荡荡地跟在可汗身后，马蹄掀起的尘土遮天蔽日。

玄奘在素叶城停留了一夜，便随可汗派来的使臣前往西突厥的王城。

游牧民族的王城大部分的房屋都是简单的毡房。来到叶护可汗的王城后，所有毡房都是白色的，星罗棋布，在一片平原上形成一个巨大的营地，而在营地的正中央，被千百顶毡房簇拥着的，是一座镶嵌着金色丝带的大毡房，看上去宏大无比。显然，那便是叶护可汗的牙帐了。

在叶护可汗还没回来前，整个王城的布局已经让玄奘惊叹了，牧民们因为毡房的简便性可以随时将这一座王城进行迁移，更重要的是将人和自然融为一体。而叶护可汗的牙帐，玄奘即便只是看一眼便也知这草原王者的霸气。

叶护可汗遵守了他与玄奘之间的诺言，在十日之后狩猎归来，同时带回来的还有一牛车一牛车的战利品，有鹿、羊，还有狼和熊。这些战利品完全彰显了可汗的伟大，整个王城的居民都沸腾了，可汗把这些猎物都分给了王城的居民。玄奘与王城的居民们一起迎接了叶护可汗，常生安也跟着去了，在分猎物的时候，他从拥挤的人群中挤进去，抢到了半只羊。常生安一手攥着羊腿一手高兴地跟玄奘挥手，而玄奘没有看见他，玄奘的目光全部落在了叶护可汗的身上，这位草原的王者乘胜归来，享受着他的子民的欢呼与拥戴。原本人头攒动的王城内，分成了两部分，一部分如常生安一样聚集到了猎物那儿，另一部分簇拥到了叶护可汗身边，只有玄奘一人哪边都没有去，他站在叶护可汗的牙帐前，像是一面独特的旗帜。叶护可汗下了马，正一步步面带笑容地走向他的牙帐，他看见了玄奘，脸上的笑容没有丝毫消散，反而因为看见玄奘笑得更开心了。玄奘见叶护可汗如此，忽而由衷觉得高兴，因为至少象征着在这广袤的草原会是一路坦途。

叶护可汗请玄奘来到他的牙帐内，玄奘进入这牙帐内才觉得内有乾坤，帐顶内装饰着金花，帐底铺着用染色羊毛织成的毛毯，在可汗落座的地方，是用金银镶边、铁制的矮脚桌，上面一一放着用银盘子盛着的各色果子。数十盏牛油大灯，将整个大帐照得透亮。帐顶与帐围接壤的地方用金线绘制成各种鸟兽、花木的图案，在灯火下闪着光。

可汗一进入牙帐，原本在地毯上坐着的各大臣和附近部落的小可汗、特勤都站了起来，面色肃然，站成两排来迎接可汗。

一进牙帐，叶护可汗就甩去了外袍，阔步走到中央，在厚厚的兽皮垫上坐了下来，内袍宽松露出宽阔的胸肌，肉眼可见的力量感迸发而出。两队全副武装的士兵，鱼贯而入，站在可汗的身后。

在叶护可汗回来前，玄奘已了解到，突厥人信奉拜火教，因为木料易燃，内含火种，所以帐内皆不用木质桌椅，所有人只是席地而坐。在玄奘随着叶护可汗进入牙帐内后，帐门再次打开，只见四名士兵将一把沉重的铁床抬进大帐，放在叶护可汗的旁边，又在上面铺上一层厚厚的裘皮坐垫。

"法师请坐。"叶护可汗微微欠身，指了指那把铁床道。

玄奘心中感动，想不到这位突厥可汗因不能使用木质物品，专门为他准备了铁床。

宾主落座后，玄奘从怀中取出高昌王的国书，呈给可汗。

雄主皆喜四夷宾服、海内来朝，叶护可汗也不例外。高昌王谦卑而恭维的措辞让叶护可汗格外高兴，读完信不禁哈哈哈大笑起来。高昌王在国书中表明了玄奘的地位之高，如今玄奘对他亦是恭维，他转向看着玄奘，眼神中多了些热烈，他站起身来高声命令道："来人哪，传我号令，呈酒奏乐！"

先是一壶一壶热好的马奶酒端了进来，随即扑面而来的是烤肉的香味，撒好盐巴的烤羊腿与烤牛排被端了进来，然后是血肠、肉肠、各色用动物内脏烹制的食物冒着热气鱼贯而入。玄奘虽知突厥好吃肉食，但这成堆的肉端进来的时候，他还是不禁有些皱眉。叶护可汗看玄奘并未进食，忽然拍了下脑袋，笑了一声，摆了下手，帐门口的侍臣马上会意。

不一会儿，一群侍卫将特制的斋食逐一奉上，摆在玄奘的面前。

首先上的是葡萄汁、刺蜜以及各种瓜果；接着是主食，有果饼、米糕和摞得高高的馕饼；最后则是酥乳和酸奶。

叶护可汗举起马奶酒向大家示意，所有人都举起酒杯，玄奘则举起葡萄汁。叶护可汗高兴地说："让我们为了这位远道而来的法师，尽情地喝吧！"

宴会一直持续到夜晚，将士们在大帐之外点燃了篝火，烫酒烧肉，唱歌角斗，美丽的突厥女人载歌载舞、盈盈欢笑，所有人都玩得不亦乐乎。

叶护可汗喝了很多的酒，在酒精的作用下，一点点小的快乐都被无限放大，即便只是狩猎成功也让他此刻觉得自己征服了天下，玄奘远道而来，更让他觉得大唐似乎也在恭维他。叶护可汗走起路来摇摇晃晃，他随意拉起一位舞女跳了一支舞，然后又醉醺醺地走到玄奘身边，他席地而坐，背对着玄奘，一只手搭着跷起的腿慢悠悠地说："法师最好还是别去什么摩揭陀国了，那边气候炎热，太阳要比这边的大一圈，法师这般细嫩的容貌，如何去得？到哪里恐怕经不起太阳晒，一晒便要融化。而且那边的人又黑又丑，粗野无礼，实在不适合法师前往。"

玄奘听到叶护可汗这么说，心里以为叶护可汗和高昌王一样想要把他留在此地。玄奘马上回答："沙门到摩揭陀国去，不是为了别的,是为了追寻佛迹,访求佛法,请可汗不必担心。"

可汗听到玄奘这么说,哈哈笑了两声,头一低便响起了鼾声。远处的篝火明亮温暖,所有人的欢笑声填满了整个夜空,玄奘忽觉得有些累了,他站起来一步步走向自己的帐篷,在背过身的那一刻,他忽而觉得整个夜又变得静了,像是他的心一样。

第二日一早,叶护可汗早早就派人来邀请玄奘过去,玄奘心想,这怕是昨晚的事情叶护可汗又想起来,玄奘准备了一肚子的说辞准备应付叶护可汗的挽留。进入叶护可汗的牙帐内,可汗刚刚穿上外袍,招呼着玄奘走出牙帐。

一走出牙帐,可汗就吩咐牵一匹好马来,侍臣很快牵来了一匹赤金色的马,那马四蹄蹬踏,粗壮健硕,看上去神骏有力。

玄奘这一路西行,用马的时间占了大半,所以对于马的优良已能分辨。他一眼就看出,这是一匹刚刚成年的汗血马,性子颇烈。玄奘心中喜爱,立刻走了过去。

玄奘站在那匹赤金马身边的时候,他看见叶护可汗眼中露着促狭的笑意,心中突发忐忑,心想,难不成他要捉弄自己?

叶护可汗率先伸出了手,做了个"请"的手势。

玄奘含笑致谢,左手抓住马缰,右手一按马背,纵身一跃,轻松上马。

玄奘的屁股刚刚挨到马背,胯下的赤金马便长嘶一声,后腿猛然发力,像箭一样射了出去。在叶护可汗的大笑声中,赤金马风驰电掣地冲出了营帐圈，眨眼间便奔出了四五里路程。

玄奘的手心里霎时间全是冷汗，身体紧贴在马背上，只觉得耳朵里灌满了风，赤金马跑出去近十里路便开始作怪，这马似乎是未被驯服过的，一会儿前蹄腾空，一会儿把头一低来个倒立，一会儿又侧身打旋。若非玄奘这一路已经骑惯了马，对马的习性相当了解，身体还算灵活，这会儿早就被甩下来了。

叶护可汗也骑着马带着护卫，追着玄奘出了营帐圈，叶护可汗看见玄奘灵巧地驾驭这匹赤金马，不禁又对这个貌似文弱的僧人刮目相看，对他的骑术赞赏不已。

赤金马折腾了一阵子，好像自知无法将背上的人甩下来，索性不再管他，放开天性全力奔跑在这大草原上。玄奘起先在赤金马折腾的时候心中还有紧张，当赤金马真正跑起来的时候，他心中完全放松，沉浸在这如风的奔驰中，仿佛天地之间只剩下了他自己和这匹马。

随着身后一声尖锐的哨声传来，赤金马一个转身，向着叶护可汗的队伍奔去，最后在叶护可汗面前安然停下。

叶护可汗亲自上前抓住马缰，笑着问玄奘："法师啊，这马怎么样？"

玄奘一下马，才觉刚刚与马对抗耗去了大半体力，气喘吁吁地回答道："好马……"

叶护可汗笑起来，满意地点了点头，继续说道："既然这马与法师有缘，那等法师继续西行的时候，这匹马就赠予法师怎么样？"

当初跟随玄奘的赤红老马,因为年老,已不能胜任接下来的远途,玄奘念及恩情把它留在了高昌国,并让高昌国国王好好照料这匹老马。虽然高昌国国王送给玄奘的都是好马,但是途经凌山已经损失大半,如今正好缺一匹好马,此时听到叶护可汗这么说,玄奘喜出望外,赶忙向着叶护可汗行礼致谢。

玄奘在西突厥又留了数日,这期间,叶护可汗让玄奘开坛讲经,突厥本地信奉拜火教。虽然一时没有改变大家的信仰,但是很多人已经对佛教的经义产生了浓厚的兴趣。玄奘走的那一天,叶护可汗又大设宴席为玄奘送行,并特地为玄奘找了一位精通汉语的少年,封为摩咄达官(翻译官),叫他一路护送玄奘到迦毕试国去;又送给玄奘绫罗法服一套,绢五十匹。叶护可汗在宴席结束后,与群臣亲自送了十余里,方才珍重道别回去。

从西突厥国出来后,常生安一直有些闷闷不乐,这是他随着玄奘一路西行过程中最喜欢的一个国家了,这里的人豪爽义气,不拘小节,喝酒吃肉都完全符合江湖习惯。在走出西突厥国后,常生安无数次在马背上回望。而西突厥派来的翻译官,看出了常生安的思念,从怀里掏出自己的马奶酒递给常生安,常生安感激地接下马奶酒。

两人在路上聊了起来,翻译官名叫伊谷,是个十七岁的少年,因为自小跟着父亲经商所以精通汉语、突厥语、梵语。少年腼腆,路上除了递给常生安一壶酒外,基本是不说话,常生安跟他说话,除了必要的应答之外，只是笑。

常生安喝完一大壶马奶酒后，状态微醺，一扫之前的抑郁，缠着玄奘非要骑一骑叶护可汗送给他的赤金马，玄奘拗不过常生安的要求。喝了酒的常生安骑上赤金马，那赤金马便开始折腾，没想还没折腾两下，常生安就被灰头土脸地甩了下来，常生安气不过非要再试一次。

常生安的举动把大伙都逗笑了，这一笑更激发了常生安的斗志，在常生安又准备上马的时候，伊谷拉住了常生安，这个少年笑着对常生安说："你稍等一下，我跟这赤金马讲讲道理。"

说完伊谷便走到赤金马身边，贴着马耳悄悄地说了几句话，说完后，伊谷招呼常生安过去说："放心吧，我已经给赤金马说了，它会听话的。"

常生安把马缰一抓，一跃跨到马背上，这赤金马果真变得温顺起来，没有再折腾常生安，常生安握住缰绳，两腿一夹，赤金马奔驰起来，常生安兴奋地在马上长啸了两声。

赶路夜里住下的时候，常生安对伊谷亲热了不少，主动帮伊谷烤了肉，说看伊谷骨骼清奇，是个练剑的好苗子，要是伊谷愿意，可以收伊谷作为关门弟子，定会将这一身剑术传授给他。

可惜任凭常生安如何说，伊谷也不为所动，只是笑着看着常生安。

因为有了叶护可汗的庇护，再往西走都是极为顺利的，伊谷身上带着叶护可汗赐予他的信物——一把银鞘狼纹匕首,各方小国看见这把匕首都极为恭敬。因为整个西突厥等诸国都信奉拜火教,所以玄奘在佛教显赫的地位与名声在这里倒不如一把匕首管用。

玄奘一行人先后路过千泉、白水城、赭时国等地,这些地方都是水草丰美、气候凉爽,走得很顺利。除了在到达飒秣建国之前,有一大片沙漠,让玄奘一行人觉得有些艰险,不过这一路走来,如何应对沙漠,玄奘早已心中有数,万幸的是在沙漠中的三天三夜并未遭到沙暴的袭击。

飒秣建国是西域众多小国中的一个,整个国家都信仰拜火教,在玄奘抵达飒秣建国的时候,整个国家正在举行盛大的圣火礼,这是拜火教最为重要的仪式。在飒秣建国王城最中央的拜火庙里燃起了巨大的火炬,火炬用花纹铁柱支起达数十丈之高,火炬上填满了动物的油脂,因此燃烧旺盛,散发出的动物气味充满了整个王城。在大火炬周围还林立着无数小火把,如众星捧月一般围绕着大火炬。即便离拜火庙还有很长的距离,都能看见这通天的火光。

在拜火庙周围,虔诚的信众围绕着那高耸的火炬,虔诚地跪在地上进行祷告。

玄奘抵达飒秣建国后,按照惯例,即便该国民众对于玄奘的名声没有听闻,也应该对叶护可汗的使者表达尊重,但是到了这儿,不仅国王没有来迎接,也没有派出一个使者前来迎接。玄奘一行人甚至在进入王城的时候，被城门口的侍卫刁难，那些侍卫硬要打开玄奘的经箧来检查物品。

这一幕让每个人都极其气愤，尤其是叶护可汗的使者伊谷。在叶护可汗的王城，玄奘都未曾受过如此刁难，即便伊谷亮出了那把叶护可汗赐给他的匕首，那些侍卫仍旧要检查玄奘的经箧。这无疑是飒秣建国的国王在向他的叶护可汗挑战权威。玄奘劝慰了伊谷，玄奘一路走来已经见过太多另类的国家了，为了一点儿小事而争辩，造成损失是不值得的。

在进入飒秣建国的王城后，街道空荡荡，基本上走几百米才能看见一个人影，那些出没在街道上的基本都是小孩和老人。王城中央的火炬，吸引了整座王城的人。在整个王城里，玄奘一行寻遍了只发现两座佛寺，佛寺破败不堪，残垣断壁，只有一两间房子还没有被风雨侵蚀。玄奘挑了一座还算完好的寺庙打算夜里住下。在简单的布置之后，从高昌国一路跟来的一个沙弥准备去取水，当时夜已经黑了。玄奘怕不安全，便又派了一个沙弥，两人结伴去取水。

玄奘宿下的房屋原本是这座佛寺的仓库，面积很大，却没有一尊佛像，整个房间都是用石头砌成的，除了地上的干草与灰尘外空无一物，在房顶的支柱上隐约还能看见曾被火灼烧过的痕迹，黑黢黢一大片。玄奘用手摸着这些被火烧过的地方，心中无限感伤，料想佛寺里的僧侣曾经必定与拜火教发生过冲突。

两个沙弥去取水，按照常理来说，已经进入飒秣建国的王城内,水源不难寻找,只需一时半刻就会回来,但是玄奘一直等了一个时辰都不见两个沙弥回来。常生安正等着沙弥取水回来做晚斋,此刻已经饿得肚子咕咕响,他对玄奘说:"我出去看看,那两个小和尚可能迷路了。"

常生安走出寺庙不一会儿,寺庙外原本的寂静就被无数火光与吵闹声打破了。玄奘赶忙走出寺庙,常生安与两个沙弥被一众举着火把的胡人围在中间,因为彼此言语不通,胡人们不说话只是凶恶地盯着常生安和沙弥,而常生安一直在喊:"你们要干什么——信不信我动武——"

玄奘、伊谷、剩下的沙弥和挑夫们都走了出来,举着火把的胡人一见从佛寺里又涌出来不少人,便开始高声呼喊,不一会儿玄奘看见更多人举着火把从四面八方赶来。胡人们举着火把,一个接一个,瞬间组成了人墙把他们连同佛寺都团团围住。玄奘让伊谷翻译询问这些人是要干什么。

伊谷翻译完玄奘的话,站在胡人前排一个满脸须髯、头戴兽皮大帽的精壮男子便站出来与伊谷对话。

伊谷听完对玄奘说:"他们说,国家信奉拜火教,不欢迎任何佛教徒,要是你们在这再多留一会儿,他们就用圣火净化你们。"

玄奘还没说话,常生安跳了起来喊道:"我们没偷没抢,他们居然要烧死我们!"

玄奘让伊谷翻译:"现在天色已晚,能不能过了这一夜,第二日我们便离开?"

带头的胡人好像听懂了玄奘说什么，摇着头喊叫着，众多胡人大声附和着，甚至举着火把一步步地逼近。

玄奘摇了摇头，看这样子，这些胡人说的话不用翻译也知道，他们根本不让玄奘待在这里，哪怕一夜。

那些胡人见玄奘一行还没有离开的意思，便拿着火把更近了，甚至有人拿着火把挥舞起来。站在前面的沙弥原本就离这些胡人近，胡人们的火把在挥舞中点燃了他的僧衣。常生安一把抢下胡人的火把，扔到地上用脚踩灭，一脚踹开了胡人，常生安气力极大，被踹开的胡人像是一个巨大的人肉沙包砸进了人群里。

胡人们见此状，叫喊着，激动起来。伊谷急切地对玄奘说："这下完了，常生安把他们的火把踩灭了，这是大忌，对于他们而言这是对火的亵渎，他们今晚一定要烧死我们！"

伊谷话音刚落，那些胡人们便举着火把像是饿狼一样扑了上来，常生安的佩剑还落在宿下的仓库里，只能用抢来的火把当剑，所有人把玄奘围在中心，组成一个三角形的人阵，常生安站在最前面。胡人们就像是湍急的水流不断冲击着这个三角形的人阵，常生安凭借高强的武艺，硬是劈开了这股水流。

这些围攻玄奘的胡人并不会太多武艺，只是仗着人多势众，身强体壮，要是放到平日里，常生安一个人打翻十几个这样的胡人也没有问题，可是此刻胡人太多，即便是常生安也顾此失彼，更不要说那些只会皮毛武艺的沙弥了，很快，他们围绕着玄奘的人阵就被冲散了。

炽热的火焰灼伤了常生安的手,常生安一时手里使不上劲,被一胡人用石头砸到脑袋,眩晕之下,一个趔趄倒了下去。伊谷见常生安摔倒,更多的胡人预备围攻他,他拿出叶护可汗赐给他的银鞘匕首,高高举起,用突厥语大声喝道:"他们是叶护可汗尊贵的客人,你们如此放肆,不怕可汗攻入你们的王城吗?!"

那些胡人听到伊谷这么说,迟疑了一下,一部分胡人停了下来,可还有一部分胡人跃跃欲动,这时候,玄奘站了出来,他拿出怀里的念珠,双手紧紧抓住念珠,面色肃然,眼神凌厉地盯着这些胡人继续大声喝道:"你们的真神若是知道你们如此作恶,不会责罚你们吗?!"

玄奘声如洪钟,传到了所有人的耳朵里,站在玄奘面前的那个胡人甚至不敢直视玄奘。玄奘说完这句话,趺伽而坐,继续喝道:"沙门乃大唐玄奘,沙门的命你们随意拿去,若是你们真以为你们的圣火可以净化我的佛理,那你们就来吧!若是这火烧不透我玄奘,你们就此离开!"

玄奘这一席话更像是天雷一般在胡人中炸开,玄奘又质问道:"我所知的拜火教从来都是教人从善,你们何善有之?!"

站在玄奘前面的胡人,在玄奘的质问下,低下了头,他的双手在发抖,第一个冲出了人群,原本团结一致的胡人被第一个人一冲就散了去。玄奘睁着眼,手握着念珠,那些起初像是星辰一样聚拢而来的胡人此刻又像是受到了惊吓的萤火虫一般四散开来。

人群一散,伊谷赶忙扶起玄奘,担心地问道:"法师可曾受伤？"

玄奘摇了摇头，回头去看常生安，因为以一敌多的打斗让他筋疲力尽，此刻他正躺在地上，左手被火把烧得焦黑，因为火灼的疼痛不时皱着眉倒吸着气，懂得医术的沙弥赶快把他抬入仓库进行医治。

常生安夜里便发起了高烧，第二日清晨沙弥告诉玄奘，首先是所带医药太少，其次是自己医术有限，并不能治好常生安。常生安在第二日已经昏迷不醒，玄奘看着常生安又担忧又气愤。

玄奘洗去昨日的灰尘，对伊谷说："随我去飒秣建国的王宫，我要让他们的国王知道什么才是真法所在！"

玄奘和伊谷来到王宫，门前的官员很是傲慢，见到来者是个僧人更是爱答不理，伊谷出示了叶护可汗的匕首，门前的官员这才进入王宫通报国王。

"你就是大唐来的玄奘法师？"国王大腹便便，一副昏昏欲睡的样子，看着站在丹墀前的玄奘问道。

"正是沙门。"玄奘合掌答道。

"听说法师精通各项神通，又有佛法庇护，在叶护可汗那里可是受到了极为尊贵的款待哪，法师要不施展几项神通给本王瞧瞧。"国王一副戏谑的表情问道。

"沙门并不会什么神通，佛家讲的是明心见性，是自心的开悟，与神通无关。"玄奘回道。

"大唐距离这高山沙漠，千里之远，你没有神通是如何到这呢？"国王看着玄奘一脸的好奇，没等玄奘回答又说，"你可知道在我们飒秣建国，基本上所有的僧人都被处死了。"

玄奘想到昨晚的情景，心中一颤回道："知道，大王的所举，众人皆见。"

国王笑着，眼露凶光地问道："那你不怕本王杀了你？"

玄奘笑着回答："不怕，若是害怕今天就不来这里了。今日来到这里就是为了给大王讲讲真法。"

国王迟疑了一会儿，说道："真法？你好大的胆子！居然敢给本王讲真法，那你讲讲，要是讲不好，本王现在就能杀了你。"

玄奘道："那我就给大王讲讲因果吧。"

玄奘继续说，"大王可知，我们平日里所有的行为、言语、意念的造作，都会导致一个结果。就像是一粒种子埋入土壤里，在雨水土壤的滋润下，就会开花结果。很多人做事不顾及后果，就是没有看见果报，当你开始考虑后果了，便是了解因果的一种标志。很多人生活不快乐就是因为没有考虑到坏的因果。世尊说：诸恶莫作，众善奉行，自净其意，是诸佛教。就是说我们创造好的因就会得到好的果报。"

国王充满兴趣地问："那你是说只要避免了不好的因就可以了？"

玄奘道："是的。大王是否时常觉得身体不好，心中戾气横生，心情很少有好的时候？"

国王点点头说："是啊，快乐是越来越少，吃再多的美食，拥有再多的美女，也很难快乐。"

玄奘道："那便是大王造下的恶因太多了。"

国王有些不甘，但是还是勉强点了点头，国王继续问："佛法这么神奇，那能给世人带来好处吗？"

玄奘反问道："那贵国的拜火教又有何好处？"

国王微微一笑回答道："火是至明不暗的，无论什么黑暗的地方，经它一照便明亮了。这难道不是好处吗？"

玄奘点头道："火能照亮一切，可是火能照亮人心中的黑暗吗？"

国王闻言一愣："难道佛法可以？"

"是的，佛法可以。"玄奘看着眼前的国王，字字清晰地说，"一个人，如果能够领悟到佛法，心就会光明快乐、诸邪不侵。这才是真正的至明不暗。"

国王愣住了，眼前的这位僧人，目中似有火焰跳动，那眼神直抵他的内心，那一刻，国王觉得自己的内心腾升出一片光芒。

"师父，你说真正的快乐是什么？"十三岁的玄奘曾经这样问过自己的师父。

师父摸着他的头问："那你现在觉得什么能带给你快乐呢？"

年少的玄奘回答："春天的第一朵花开让我觉得喜悦，刚做好的豆腐的豆香味让我喜悦，甚至冬日的初雪也会让我喜悦。"

师父慈祥地看着玄奘说："你看，水在流，花会凋谢，人会老会死,万事万物都在变化。让你喜悦的东西总会消失,那你是不是会感到伤心与难过?"

玄奘丧气地点了点头,又问师父:"那怎么做才能一直快乐呢?"

师父笑起来,用手指头轻轻戳了戳玄奘的心窝说道:"当你的快乐依附着外界的一切,所有事情都是无常变化的,当然快乐也是无常的。当你的快乐不再依附于外界的一切,从心底感到快乐,那种快乐自然是长久的。"

师父似乎知道玄奘接下来的疑问,继续说:"佛法是通向这条快乐的路。"

玄奘一直孜孜以寻的,正是这条必须上下求索的路,让玄奘一点点感到了一种永恒快乐。如今,他心中的光亮与快乐就是他手中的一把利剑,这利剑可以刺破夜空,可以斩断路上的荆棘,更可以无惧那些心中仍有黑暗的人。

飒秣建国的国王彻底被玄奘说服,国王感动的泪水落在他华丽的王袍上的时候,玄奘似乎看见有一轮新的太阳在这个王国冉冉升起。

伊谷随着玄奘从王宫出来的时候,眼神里充满了对玄奘的崇拜,伊谷激动地说:"大师,我以为这会是一场恶战,没想到你轻松就打赢了,你看那国王的样子。"

玄奘快步向前,说道:"快点赶回庙里,刚刚国王已经答应我们救治常生安了,如今的大事是保住常生安的命。"

两人疾步赶到佛寺的时候,国王派来的医师也赶到了。四名医师通力合作,经过两天一日的抢救,常生安终于醒来了。

常生安面色惨白,睁开双眼看见玄奘与沙弥们都平安无事,满意地笑了一下,用虚弱的声音说:"看来那些胡人都已经被打跑了。"

伊谷把常生安扶起来,一边给他喂水一边说:"你都昏迷三天了,多亏玄奘法师用佛理说服国王,我们现在才能平安无事。"

伊谷说到这,看见常生安被火烧黑的右手顿了一下,声音低沉下去,他看了一眼玄奘,玄奘点了点头,伊谷继续说:"可惜,医师说你的右手因为损伤太严重,已然不能……不能如从前一样了……"

伊谷说完这句话,常生安吃力地抬起自己的右手,右手被厚厚的白布缠满像是一个馒头,常生安看不见自己的手到底是何样,有些焦急。玄奘安慰道:"再过几日,医师就把白布拆了,现在还是好好静养。"

飒秣建国的国王自从玄奘去过王宫之后,又召见了玄奘。国王自从年过四十之后,身体每况愈下,原先每日能吃五餐的他,现如今每日只能喝下一碗清粥,并且夜夜在睡梦中惊醒。王宫里所有的人都在传言,国王活不了太久了。传言如风,即便在戒备森严的王宫内也畅通无阻,国王是最后一个听到这个传言的,宫女们在国王睡着时偷偷议论这件事,假寐的国王听完了宫女们的对话，他感觉有一只巨大的手从黑暗中伸出来，紧紧把他握住，手掌一点点收紧，他几乎喘不过来气。那一刻，他感觉自己马上就要死去。在对死亡极度的惊恐中，国王用尽全身力气发出了一声尖叫。

这一声尖叫，在深夜静谧的王宫内传播极远，那些宫女仓皇四窜，不知所措。甚至有人喊着："国王驾崩了！"当夜，飒秣建国的国师被请入王宫。国王已然病入膏肓，药石无灵，只能期盼于国师带来的神迹。国师是飒秣建国拜火教最大的祭司，他建议国王举行一场盛大的法会，借着火焰的光芒驱散那只从黑暗中伸出来的手。

玄奘到达飒秣建国的当日，整个飒秣建国就是因为国王的疾病在举行这场法会。可是法会并不能带给国王以治愈，他的病没有丝毫好转。直到国王见到玄奘，这位从大唐而来的僧人，一语道破了国王的病症。自从与玄奘长谈完后，国王发现所有的病症皆来自不满足，多日来他修身养性，每日诵念《般若波罗蜜多心经》，整个人仿佛脱胎换骨一般。病有好转的国王自此对于玄奘推崇至极，派人重新修建了两座废弃的佛寺，更让玄奘权充寺院住持，在当地启建法会，剃度僧人。玄奘更是开坛讲经，从最初的寥寥数人到最后座无虚席，整个飒秣建国信佛之风悄然形成。

玄奘在飒秣建国停留了数日，直到有佛僧扎根此地，不再受到驱逐后才决定离开。而常生安的手也拆去了白布，他被火灼伤的右手像是干枯的树枝蜷缩着，任凭常生安如何用力也无法将蜷缩的手指伸直。

　　玄奘见到此景,十分感伤,伊谷还落了泪。常生安乐观地安慰大家:"右手不能使剑了,左手还可以。"见到大家仍旧伤感,常生安站起来用左手持剑舞剑,这才让大家破涕为笑。

　　在出发那日,国王来为玄奘送行,常生安骑着马先行离开了,对于他而言,飒秣建国必定是个伤心之地。

第七章

信仰的踪迹

　　常生安从飒秾建国出来后做了一个很长的梦，梦境里他与玄奘遇到了一大群强盗，那些强盗凶神恶煞，每个人都举着一把大刀在追杀他们，哪怕他们已经把所有的钱财都交出来了，强盗们仍然穷追不舍，一定要拿下他们的性命。而在这个梦中，常生安丢失了他的佩剑，那把精钢锻造、曾与万仞齐名的三尺长剑不见了，他只剩下一把腰品短剑，这短剑根本不是大刀的对手，三五下就把常生安打倒在地，而当他倒地的那一刻，他看见遍地的鲜血，大刀砍伤了他的腿，让他无法站立，他一边爬一边寻找玄奘和伊谷。可是哪里还看得见人，土地是红色的，天空是红色的，就连撑在地上的双手都是红色的。

　　常生安被这个梦境惊醒，彼时他们已经到达了铁门峰，玄奘与伊谷都安然熟睡在篝火旁。在抵达铁门峰前的一路，他们路过屈霜尼迦国、货利习弥伽国等地，行了千余里路，常生安一直觉得心中惴惴不安，他所有的不安在今夜的梦中终于得到了印证。

他因为损失了持剑的右手，而彻底失去了保护他人的能力，那个一直以惩恶锄奸、帮扶贫苦为己任的大侠，此刻心中颓丧万分。他在怀疑自己最初的想法，要找一个小国家，当这个国家里的第一剑客，他不得不承认这是一个虚荣且懦弱的想法。

第二日，他们真正看见铁门峰，因为常生安一夜没有入眠，对于这座山壁狭峭，高达万丈，从崖间裂开的铁门峰，只觉得像个幻境。铁门峰是西突厥最为重要的要塞之一，西突厥各方小国凭此地势，一夫当关万夫莫开，避免了连年的战事。两座山峰裂开之间宽不足二十尺，峰体极高，在朝暮之间一眼望去只剩下一线天，又因为这铁门峰的崖石皆为铁矿，所以依势而建一铁门，铁门之上悬挂数个如拳大的铁铃，在狭道内山风极大，铁铃随风而响，叮当之声回荡山间，不绝于耳。

所有的人在经过铁门峰时都在惊叹，尤其是随行而来的伊谷，虽然他是在西突厥长大的，但是却从没有到达过西突厥的边界。此刻伊谷感慨万分，一是感叹于叶护可汗所统治的疆域之大，二则是过了铁门峰他就快要跟玄奘一行人分开了。

几月的相处，对于这个少年而言是从未有过的经历，虽然自小随父亲从商走南闯北，但是父亲的严厉与苛刻让他不敢对旅途中的任何事物抱有幻想与期待。这次跟着玄奘大师，不仅得了官位，还认识了这么多朋友，这让伊谷格外开心。

伊谷站在铁门峰前，想到这，不禁看了看玄奘，又看了看常生安，还看了看那些挑夫与沙弥。在飒秫建国，常生安英勇的样子让他难忘，玄奘与国王的雄辩更让伊谷敬佩万分。不知不觉，伊谷就落到了队伍的后面，而跟他一起走在后面的还有常生安。

常生安的脸色煞白，眉头紧锁，每走一步都在迟疑。这与伊谷心目中的英雄判若两人，伊谷的目光落到常生安烧伤的手上，明白了些什么。伊谷从怀中掏出半扇彩纹贝壳，他笑着把那贝壳递给常生安并介绍道："这可是我阿爸年轻时候去海边捡回来的，你知道大海吗？我从未见过，听阿爸说那比所有的湖都要大，简直能跟天空有得一比，阿爸说，见到了大海再坏的心情也会变好。"

常生安没有接下伊谷递给他的贝壳，伊谷的手又往前凑了凑，继续说道："我把贝壳送给你，这样你也能感受到大海，心情自然就变好了。"

伊谷说完这话，冲常生安灿烂地笑着。常生安很想回应伊谷的热情，可是他的脸已经被忧愁皱坏了，即便再努力也只是做出了一个哭笑不得的表情来。

对于年少的伊谷而言，这是他无法解决的难题，他只能求助于玄奘了。越过铁门峰之后，玄奘看见常生安的郁郁寡欢，便拿出随身佩戴的念珠，对常生安说："你看这个念珠，自我从长安出来，就一直佩戴着，你看这念珠如何？"

常生安回道："这念珠是用紫檀木所做，颗颗饱满，工艺了得，又常年陪在法师身边，肯定很好了。"常生安看着念珠忽然笑道："法师不会是想要把这念珠送给我吧？我可不能要，我要了这个念珠也不会念佛啊。"

玄奘看着常生安摇了摇头，随即双手用力，原本连接念珠的绳索被扯断，念珠随着绳索的断裂散落一地，颗颗坠地，发出乒乓声响。常生安急忙弯腰去捡念珠责问玄奘："这念珠好好的，法师为何要将它扯断？"

玄奘把散落一地的念珠都捡起来聚集在手掌上，问常生安："念珠被扯断，你如今可有什么办法让它复原？"

常生安摇摇头，玄奘又说："世间万物都是无常的，念珠会断并不是念珠能左右的，活在这大千世界中，无常时刻在影响我们，我们不得不承受无常，但若是怨恨无常会如何？"

常生安说："那可能会更糟糕。"

玄奘点点头说："是啊，蛇咬了你，你便杀尽天下蛇，便会有更多恶果。那你在担心什么？"

常生安叹了口气说："我本有一身武艺，本以为可以一路护送法师您抵达摩揭陀国，如今力不从心。"

玄奘微笑着说："当初佛祖舍身饲虎，珍贵的不是他的肉身而是一颗慈悲心，同样即便是力所不能及，但若是怀着一颗慈悲心，那便已然是珍贵的。"

常生安似乎明白了些什么，点了点头，嘴角挤出一丝微笑说："法师，我明白了。可是……"在他的"可是"还没说完的时候，伊谷走过来拍了拍常生安的肩膀说："生安兄，我想好了，如果接下来遇到危险，我们不一定要武斗，可以智取。"

常生安疑惑地看着伊谷，继续问："智取？比如说？"

伊谷神秘地笑了一会儿，吐出一句话："比如我们打不过，可以跑啊！"

这句话彻底逗笑了常生安，常生安笑着看向玄奘，玄奘此刻闭目念经，听到伊谷这么说，轻微地点了点头，这让常生安笑得更开心了。

活国的国王呾度是在十天前病倒的，这一病就卧床不起，王宫内的医师开出的药对于呾度的病情毫无用处，宫里所有人都认为他这是心病。呾度的王后是在十天前薨逝的，他对于王后的深爱成为一把利剑，随着王后的死彻底把他的心击碎了。活国的王后在薨逝之前一直心心念念的是玄奘的到来，这位王后是高昌国国王麴文泰的亲妹妹，在玄奘从高昌国出发后，麴文泰就派信使到活国告诉了妹妹这个消息。而活国的王后自从十多年前出嫁后，就再也没能回到故土，对故乡思念让她格外期盼玄奘的到来，可惜她没有等到玄奘的到来就薨逝了。

玄奘经过铁门峰后，又过睹货逻国便抵达了活国，在抵达活国后，呾度用最盛大的礼仪队将玄奘迎入王宫，玄奘带来了高昌国国王麴文泰的亲笔信，那封原本是给呾度王后的亲笔信。这封信让呾度又一次想起了他逝去的王后，他泪如雨下，呜咽良久，满怀感伤地对玄奘说："可惜我的王后没有福气能见到法师啊，更不能见一见从故乡远道而来的人。"

玄奘安慰道："如今人已离开，国王的眼泪只能让王后更加挂念。"

呾度看着玄奘说道："活国距离高昌国远达千里，本王原本想让王后魂归故里，但是这一路颠簸，本王也没有十足的把握能将王后的尸骸送回去啊。"

玄奘回应道："沙门曾对高昌国国王许下承诺，待到沙门从佛国取回真经要到高昌国讲经三年。"

呾度听到玄奘这么说，原本是半躺在床上的，一下子坐了起来，眼神里满含期待地看着玄奘说道："不知法师返回高昌国时，是否愿意将王后的尸骸……"

说到这里呾度停了一下，在王座上轻轻地摇了摇头，又继续说道："我想王后还是愿意留下来陪我的，不如法师回国时，将王后最心爱的这串翡翠项链带到高昌国吧，这是她生前最爱的首饰，魂有所依，也算是了却了她的一桩心愿。"

玄奘听到呾度如此说，感慨于呾度的用情至深，答应了下来。呾度再三向玄奘表示感谢并承诺，等到他的病好了就亲自送玄奘到摩揭陀国去。

这位呾度不仅仅是活国的国王，更是叶护可汗的长子，这一路得叶护可汗的庇护，玄奘的确少了很多麻烦，如今若是由呾度护送势必会更加顺利。想到这，玄奘便在活国住下来。

在玄奘安心等待呾度病情好转的时候，活国发生了一件大事。

王宫的火是在半夜烧起来的，火势不大，只是偏殿着了火，很快便被扑灭了。但是这场不大不小的火却惊醒了整个王城的人，所有人都走上街头望向王城的方向。在火被扑灭之后，原本守卫在城外的士兵，疾跑着冲进了王城。厚厚的宫墙隔绝了王宫里的声音，更隔绝了王宫内部王权的争斗。

翌日，是伊谷把昨夜王宫内发生的事情打听来的。

活国的国王呾度其实在玄奘住下后不久，病情就开始好转，但是他却隐而不告，没有遵守诺言护送玄奘去摩揭陀国。在他身体康复后，呾度忽然发现内心的缺失感并没有好，他急切地寻找可以填补内心缺失的办法。这时候他发现自己大儿子身边有一位美人，那美人让他觉得又是心动又是心安，当即就娶了那位美人为后。可惜在婚礼之后，他的大儿子就毒死了呾度，并在王宫内放了一把火，彻底销毁了呾度的尸首。大儿子很快自立为新王，并把那位父亲看上的美人娶了。

活国发生政变，玄奘自知新任的国王是不可能护送自己到摩揭陀国，便准备向新国王辞行，新国王虽然有着杀父的凶残，但是对于玄奘依旧尊重，给了玄奘很多马匹与补给。

从活国出来后，常生安一路都很开心，他悄悄地对伊谷说："你看，玄奘法师是不是也听从了你的建议？"

伊谷点了点头也笑了，两个人异口同声地说："智取妙也。"

但真正让玄奘离开活国的原因，并不是这场政变，而是当初呾度的深情竟然如纸一般，风吹即破，这世间深情，无一逃不过一个劫字。

玄奘离开活国前，新国王告诉玄奘，在活国管辖的范围内有一缚喝国，佛迹颇多。玄奘便到了缚喝国，缚喝国的都城内佛教极盛，寺宇繁多，寺庙内的佛塔塔顶皆用黄金装饰，太阳一照便光耀夺目，城内大小寺院一百多所，僧徒三千多人，在都城之内常见僧人往来，所以得到了"小王舍城"的称呼。

城外西南更是有着缚喝国最大的寺庙——纳缚寺，寺占地二十余里，寺墙皆涂红并用琉璃瓦缀顶，寺庙内更是佛塔高耸，除了黄金塔顶外更是在佛塔雕刻无数佛像，甚是壮观。在佛塔内部还供养着寺中三宝——"佛澡罐""佛牙""佛扫帚"，皆是释迦世尊的亲身之物。这三件宝贝，是信众观礼朝拜的圣物，每逢斋日便从塔中请出，来观礼朝拜的僧俗百姓，成千上万，至诚之人可以看到圣物发光呈瑞。

玄奘在朝拜三宝完毕后，走出佛塔，天现五彩祥云，整个纳缚寺的僧众都认为玄奘是佛学大师，得到了上天的印证。三宝的佛迹也吸引了他国的僧人前来朝拜，其中有一位来自磔迦国小乘佛教的高僧般若羯罗，这位般若羯罗天资聪明，博学多才，钻研小乘阿毗达摩义理，对《迦延》《俱舍论》等，他无不通晓。

大多数僧人前来朝拜圣物都是住在纳缚寺的，可是前来朝拜圣物的僧俗人数众多，纳缚寺虽然大但是也常常无法容纳所有人。玄奘因为是活国国王引荐而来，自然受到了最好的供养。般若羯罗就没有这么好运了，他从遥远的磔迦国而来，虽然学识丰富、博闻强识，但是到了纳缚寺，待遇比起玄奘还是差了很多。

玄奘在纳缚寺的精庐内结识了般若羯罗，纳缚寺的精庐是很多圣者再次修行证果的地方，这里年代久远，一代代的圣者在这里证果入灭，纳缚寺为每一位圣者都建立了佛塔，佛塔一座连着一座，多达几百座。几百座的佛塔经历风雨剥蚀，青石砖都失去了棱角，上面布满了青苔，但是佛塔仍屹立不倒，鳞次栉比地排列在整个精庐内。走入精庐内便如入了另一番天地，举目皆是高低不一的佛塔，仿佛置身于这些高大的圣者之中。每一座佛塔都有塔记，记载着每一位圣者的一生。

玄奘在精庐内瞻仰完所有的圣者后，已经入夜了，精庐内的人基本都走光了，而精庐在纳缚寺的西南面，回到纳缚寺还需要走上十几里的路。漫天星辰，洒下如碎银一般的光，星光照出了玄奘薄薄的身影，而在玄奘身影之后还有一人身影，那人略矮于玄奘，身材也更消瘦一些。

"可是玄奘大师？"那人说的是梵语，语调柔和。

"正是沙门，您是？"玄奘用梵语回道。

"般若羯罗。"那人看着玄奘。

双方对彼此都有所耳闻，尤其是般若羯罗对于玄奘一路西行求法十分敬仰，两人相见甚欢。

在走回纳缚寺的路上，虫鸣啾唧，梵语柔和，两人相谈佛法，对于玄奘有所不明的《俱舍论》、毗婆沙中的疑义，般若羯罗都予以了精辟的解答。

对于玄奘而言，在缚喝国看到了佛迹，结识了相谈甚欢的佛友，更解答了心中一直以来的一些疑惑。可是对于常生安和伊谷而言，缚喝国除了水草丰茂，景色宜人外，显得有些无趣。整个国家因为佛教盛行，娱乐的地方少得可怜，整个缚喝国只有一家酒肆，还只提供用果子酿成的果酒，这让常生安未能尽兴。更要命的是常生安住在纳缚寺的时候，一时兴起参加了一次禅七，这禅七漫长的打坐时间让常生安两天不能下床，对于好动的他而言，这让他在床上几乎发狂。

所以从缚喝国出来的时候，玄奘一行人分成了两个阵营。玄奘因为离开这里而满怀感伤，常生安与伊谷离开这里却高兴得不得了，内心充满了对于未来旅途的期待。几人过了锐秣陀国与胡寔健国后便来到了大雪山。这座山因为终年积雪，比凌山的积雪还要厚上许多，所以得了个简单的名字——大雪山。

山体的陡峭程度虽然不及凌山，但是平地的积雪可达深数丈，幸好玄奘抵达大雪山的时候是盛夏季节，风雪虽多但不及冬日的一半，玄奘已有了之前翻越凌山的惨痛教训，所以特意在翻越大雪山前请了一位本地向导，这位向导对大雪山中路径极熟悉，更重要的是可以观天测风雪。大雪山中气温极低，呵气成冰，玄奘一行人除了风雪之外，更要跟低温做对抗，所幸没有遇到凌山之上的大风暴，平安越过了大雪山，但是低温将几个挑夫的手指头彻底冻坏了。

在翻过大雪山之后，玄奘一行终于抵达了梵衍那国。这梵衍那国基本都是在雪山之中，东西绵延两千多里，都城更是建立在山崖之上。在尚未抵达梵衍那国之前，玄奘已经听说梵衍那国依山得利，在山壁之上凿刻出了雄伟的佛像。

玄奘来到梵衍那国的首要任务就是去参拜这些大佛像。在梵衍那国僧人的带领之下，他们来到了佛像所在的山崖。山崖之上的佛像有两尊，一东一西。其中西大佛是凿石而成，看上去极其高大巍峨；东大佛稍小一些，用黄铜铸成，身上贴满金箔，众宝严饰，显得庄严殊胜。

在参拜这些佛像时，西大佛震撼了玄奘，这是他平生所见最宏伟的佛像了。大佛为立像，脸型方正，头型浑圆，佛眼半闭半开，眼神慈祥而悲悯。身着的僧衣如蛇形一般，形成多重衣纹线，可见雕刻之精细。东大佛采用分身合铸的方式，以精妙的工艺将佛像之精美展现得淋漓尽致，佛面线条柔和，五官庄严肃穆，佛衣轻薄而繁丽。

佛像之美之大除了让玄奘感受到了佛之威仪与慈悲，更让他感叹梵衍那国僧众的虔诚与匠人的技艺高超。

从都城出来后，众人继续在雪山之中走了十五天才彻底走出梵衍那国。在走出梵衍那国后，大雪山高耸的山体不见了，取而代之的是小丘陵，山峰的高度降低，一眼就能看见山顶，山势也变得平缓起来，只是这雪仍旧积得极厚，一脚踩上去便会陷到膝盖。在梵衍那国，常生安在集市上买了雪鞋，雪鞋是用坚固的藤条编织而成，长宽约为两尺，在皮靴之下绑紧，两脚踩地面积变大，在积雪深厚的地方便不会陷落。只是穿上这两只巨大的雪鞋，行进速度变得慢了起来。

在地势刚刚变得平稳起来后，天空一片荫翳，乌云层层重叠，玄奘知道这是要下雪了，赶忙吩咐常生安、伊谷等人披上皮袄。果真没一会儿，天空就飘起了鹅毛大雪，雪花先是一片片飘落，随后因为雪下得太大，雪花还没落地便叠成一层层，很快天地便白茫茫连成一片。雪虽然大，但是没有风，众人仍旧加快步伐赶路，走了约莫半个时辰，常生安发现他们一行人都在绕弯，这是迷路了。众人只好停下来，等待雪小了再走，等到雪势减小，从山林中钻出一位穿着黑皮袄的猎人，玄奘上前一问才知道，再往下走一段路便能彻底走出大雪山了。

伊谷从出发那一刻就知道自己早晚要与玄奘告别，可是没有想到这么快就到这一天，几个月的时间眨眼就过去了。到达迦毕试国后，伊谷就要与玄奘他们告别了，当初叶护可汗给他的命令就是护送玄奘到迦毕试国，因为此时已经抵达印度境内了，离摩揭陀国就不远了。迦毕试国方圆四千多里，是印度西北的一个大国，在此国境内有十几个部落，都信奉佛教。迦毕试国的国王听说大唐国的玄奘法师要到摩揭陀国取经，便亲自带了诸僧，出城门来迎接。

迦毕试国的王都位于一片平原之上，四面被雪山包围，肥沃的土壤让农田长满了饱满的谷子和麦子，各种花果树木也郁郁葱葱。国王把玄奘迎入王都之内，玄奘看见城中到处开满了郁金香，花香四溢。

"这些鲜花大多是用来供佛的。"国王说道，"在我的王都之内有寺院一百多所，僧众六千多人。"

"善哉！"玄奘不禁赞叹了一声。

自从进入王都后，房舍之间随处可见高大轩敞的窣堵波（一种印度佛塔）、广博严净的僧伽蓝（佛教寺庙），明媚的阳光斜照着捧读经书的僧侣，可见国王所言不虚。除了国王的热情迎接，王都内一百多所寺院都派来了僧人代表，每位僧人都对玄奘的到来热烈欢迎，他们每个人都要请玄奘到他们的寺庙去住。其中来自沙落迦寺的僧人说："我们沙落迦寺是汉朝天子所建，法师既从大唐国来，应该先住我们寺里才是。"

玄奘激动地问道："你是说贵寺的名字是沙落迦？"僧人肯定地点了点头，这个名字让玄奘心中一颤，沙落迦是西域语，翻译成汉语就是洛阳。思乡的情愫让玄奘选择了沙落迦寺。沙落迦寺是小乘佛教的寺庙，寺庙里僧人不多，算是整个迦毕试国规模较小的寺庙，整个寺庙因为年代久远而显得古旧。邀请玄奘的僧人说："国王布施的大多数钱财都给了大寺庙，像是我们这种小寺庙是无人问及的。"说到这里，这位僧人感伤地长叹一口气。

在玄奘住下之后，或许是因为寺庙的破败，又或许是因为伊谷的即将离开，玄奘一行人的气氛有些压抑。常生安最受不了这样的气氛，旁人对于离别的事情，总是想问而不敢问，常生安却不是这样，他在用完午斋后拉着伊谷问道："从叶护可汗那里出来，我听可汗说，你只把我们护送到迦毕试国就要回去了？"

伊谷点点头，常生安又问："几时出发？"

伊谷没有说话，玄奘嘱咐道："如今夏季快要过去了，大雪山适合翻越的时间所剩无几，不如等到明年的春夏再走也不迟。"

伊谷点了点头，这个消息让常生安格外高兴，毕竟这一路上除了念经的沙弥和沉默的挑夫外，就属伊谷与他合得来。

夜里玄奘刚刚准备入睡，邀请他来沙落迦寺的僧人敲响了玄奘的房门。

"玄奘法师睡了吗？"僧人在门口轻轻地叩响房门。

玄奘起身打开房门，门口的僧人怯怯地看着玄奘，玄奘猜测肯定是有事相求，便把僧人请了进来。

僧人进来后给玄奘讲了一个关于沙落迦寺的故事。

当年汉朝王子在建造沙落迦寺的时候，在这寺的东门南面一位大神王脚下，埋了不少财宝，预备以后修缮寺院用。寺里诸僧为了纪念这位王子，在墙壁上作了王子的绘像，每逢过节，大家都为他念经祷告，一代一代，一直传到现在，没有间断过。

在玄奘到来之前，有一位贪婪的恶王，得知寺中藏有珍宝后就带兵来挖，但是他们刚开始挖便地动山摇，神像头上的鹦鹉竟发出完全不像鹦鹉发出的叫声，叫声凄厉、恐怖，仿佛地狱恶鬼的怒吼，盗宝的人全部都被吓跑了。

僧人讲完这个故事又问玄奘:"法师住在沙落迦寺可曾见过东南角的佛塔?"

那座佛塔给玄奘留下了很深刻的印象,那是一座高二十多丈的佛塔,佛塔上部断了一截儿仿佛是被雷劈损的样子,剩下一半的佛塔在阳光下能看见焦黑的砖石。

玄奘回道:"见过,那塔损伤严重,让人惋惜。"

僧人叹了口气说:"是啊,当初的一场雷雨让那塔失去了往日的光辉,如今我寺打算动用汉王子留下的宝藏,重新修葺佛塔。可是我们几次寻觅宝藏,都会地动山摇,寺内的僧人都害怕得很。"

僧人说完这些上前一步,双手合掌说道:"能否恳请法师出面替我们寻得宝藏。法师您跟汉天子来自一个国度,且您的修为造诣又高,肯定没有问题。"

翌日,玄奘带着寺里的僧人来到大王神脚下,焚香祷告:"王子当年留下这批珍宝就是为了修缮塔寺,现在寺庙的佛塔需要修葺正当其时。如蒙允许,今天由我玄奘监督,并亲自把这些钱分好,全部用来修葺寺院,绝不浪费。唯愿护法天神能够体察因缘,成就这件功德。"

玄奘祷告完便命人在大神王脚下开始挖掘,但是参与挖掘的僧人还是不肯动,他们仍旧在畏惧大神王发威,玄奘首先拿起土铲在地上挖起来,神像头顶的鹦鹉并没有怪叫,天地安静,只有玄奘土铲与土地碰撞的声音。围观的僧人一见玄奘果真心诚至灵便也加入了挖掘中,在大神王脚下七八尺的地方,果真挖到了一个铜盖宝箱,僧人们小心翼翼地把箱子取出来,玄奘上前把宝箱打开,宝箱内金光熠熠,塞满了黄金,在黄金之中还有数十颗明珠。

所有的僧人都对玄奘大师叹服不已。佛塔的修葺工作要持续一两月有余,玄奘便在寺内住了下来,一直督工。

常生安对于在大神王脚下挖到宝藏,惊叹不已,从他混迹江湖以来,见过不少江湖术士,但那些都是些唬人的把戏,根本算不上奇迹。这一路上与玄奘大师行至此,他是真正见识到了神迹。

玄奘督工的工作,常生安自告奋勇地接了下来。在每日督工之后,常生安都会向玄奘报告每日的进度,例如花了多少金子,买了多少块砖,工人的酬劳给了多少。玄奘每日都会记下来,最后与挖出来的金子数目相核对。

佛塔完工的那一天,整个沙落迦寺举行了盛大的法会,浓郁的檀香充满了整个寺院,花瓣被不断地洒向天空,僧人们围坐在一起诵经。玄奘作为这次法会最重要的嘉宾,负责主持了整个法会,法会结束后,常生安在诵经台下席地而坐,玄奘有些累了,在诵经台上休息,常生安抬起头刚好能看见玄奘的僧鞋,鞋子的边缘已经磨破了一些,原本是土黄的颜色,现在看起来已经近乎白色。

常生安问玄奘:"法师,这天底下的佛迹到底是什么呢?"

玄奘闭着眼睛,声音略显疲惫地回答道:"河水倒流,山峰重合,死人复活,都是佛迹啊。"

常生安点点头,有些遗憾地说:"这些佛迹恐怕一辈子也看不见啊,也不知道是真是假。"

玄奘睁开眼睛笑了一下,走下诵经台来到常生安身边,又说道:"可是你看,如今我们挖到宝藏、修葺好佛塔也是佛迹啊。"

常生安还是有些遗憾地说:"可是即便是这样,恐怕也很难见到几次啊。"

玄奘看着常生安,目光柔和地说:"你看,好友久别重逢,亲人离散后团聚,遇险大难不死,追求的理想能在此生实现,丢失的珍宝失而复得,这些无一不是佛迹啊。"

常生安恍然大悟,语调突然变得欢快起来:"法师,那如何才能看见佛迹啊?"

玄奘笑着说:"心诚而力行,佛迹自然常能看见了。"

常生安点着头赞叹道:"难怪跟着法师,一路上能见到佛迹,我如今也要心诚而力行才好。"

说完这句话,常生安举起那只被火烧伤的手,仰头看向天空,如今在常生安心里已经无所惧怕了。

在整个夏季,无论是雨声或是蝉鸣蛙叫,都是吵闹的,在这吵闹之中所有的事物都在发声,似乎连同植物生长的声音都能被听见。而夏季也是随着这些声响的消失而结束的。周遭一旦变得安静起来,那么秋季就到来了,一片片落叶轻微的坠地之声都几欲可闻。

秋季的到来让常生安分外焦灼,他使了九牛二虎之力来劝说伊谷继续与他们同行,而对于年少的伊谷而言,跟着玄奘大师也能学到很多知识,只是可汗的命令在身不得不服从,在常生安的再三劝说下,伊谷打算给叶护可汗写一封信,让可汗能同意自己继续护送玄奘。在伊谷的信还没有写完的时候,伊谷就接到了父亲病重的消息,他不得不立即返回。玄奘在沙落迦寺安居过夏之后,与伊谷匆忙告了别,准备再次启程。

从迦毕试国出来后,就彻底告别了高山,渡过一条河之后,就来到了那揭罗曷国。那揭罗曷国是一个小国,但是因为已经不在高山地带,所以花果繁盛,气候十分温暖。小国之内,民风淳朴,民众大多信奉佛法。

越是接近摩揭陀国,离佛祖的故乡越近,所见的佛迹就越多,在揭罗曷国内就有两处,一处是佛顶骨城,一处是瞿波罗龙王石窟。

在佛顶骨城之内有重阁,佛顶骨舍利就放在第二重阁的七宝小塔中。据说若是有人欲占卜凶吉,可以磨香末为泥,用布帛包裹起来,放在佛顶骨之上,依据香末出现的各种形状来占卜凶吉。

玄奘带着两个沙弥来到佛顶骨城,骨城建在一处丘陵之上,远远望去便能看见,城极小,只有几座庙宇与重阁。佛顶骨舍利就放在最高的重阁之中,看守重阁的是位老僧。老僧看见玄奘一行便提前打开了重阁的大门,早早在门口迎候。

世人皆传，这里可以占卜凶吉，而能让老僧允许占卜的都是笃信佛法之人。佛顶骨原本就是圣物，占卜只是外在，真正的目的是让他们看见佛的化身。哪怕一株香泥呈现的花，都会给予学佛之人莫大的信心。

老僧领着玄奘等人来到七宝小塔前，用布帛包裹好香泥依次递给玄奘与两名沙弥。玄奘先占卜，玄奘拿到香泥之后，先对佛顶骨舍利膜拜顶礼，随后上前把布帛放到佛顶骨舍利之上。老僧进入重阁之后便沉默不语，众人也都安静不言，此刻周围更是寂静。玄奘仿佛能听见自己的心跳之声，他满心虔诚，放置布帛之时手指甚至有些微微发抖。

须臾之后，老僧敲响一声木鱼，打破了安静的氛围，玄奘拿起布帛，小心翼翼地打开，是一株菩提树。

老僧看了一眼，眉梢上弯，笑了。随即拿起鲜花，弹指撒花并祝贺道："法师所得菩提树像，极其稀有难得，此为表法，说明法师能证得无上菩提。"

玄奘内心欣喜，向老僧致谢。两名沙弥随后也进行了占卜，一名印得佛像，一名印得莲花，也都是极好的征兆。

从佛顶骨城返回的时候，两名小沙弥高兴地一路都在交流，他们跑到玄奘面前问："大师，你说我们能不能修成正果？"

玄奘看着两个小沙弥高兴的样子，回道："肯定可以。"

揭罗曷国是迦毕试国所属的小国，而迦毕试国国王对于玄奘是极为尊重的，玄奘到揭罗曷国亦受到了隆重的接待。一行人在揭罗曷国住下后，因为此地气候温润，花果丰盛，所以国王提供的吃食极其丰盛，在茶足饭饱之后，两名沙弥又说起了今日去佛顶骨城的经历，这让常生安格外羡慕，可是他又不是佛教徒，对于很多佛家佛迹他也只能远观，即便是去了也不能体会其中奥妙。

揭罗曷国国王听说玄奘虽然是前往摩揭陀国取经，但是这一路对于所见佛迹都一一瞻仰，其心虔诚，很多许久不示人的佛迹都得以重现。在揭罗曷国的瞿波罗龙王石窟，正是一处少有人见到的佛迹，揭罗曷国国王想到若是玄奘大师前去一定能让佛迹重现，便告知了玄奘。据闻佛陀昔日曾经在这里降服瞿波罗龙王，如今还留有佛陀的影像于窟内。但是此窟位于揭罗曷国灯光城西南，那里是与高山接壤的地方，山谷沟壑纵横，极难管理，常有强盗出没，所以真正去往瞿波罗龙王石窟见到佛影的人屈指可数。

玄奘当即表示翌日要前去拜访，当时所有人都劝玄奘不要去，担心他的安危。到了翌日，玄奘早早起来，自行出发。在走到一半的时候，忽然觉得背后总有一双眼睛盯着自己，回过头一看，竟是常生安正在冲着自己傻笑。

玄奘无奈地摇摇头，常生安一看玄奘默许了，加快步伐跟了上去，山路崎岖又人迹罕至，行了半日也不见瞿波罗龙王石窟的影子。两人只能借宿到附近的寺庙里，住了一夜后，在寺庙周围想找人带路，但是因为瞿波罗龙王石窟周围强盗猖獗，无人敢带路，最后一名小孩在常生安口袋里甜美干果的诱惑下勉强带路，但是只答应送他们到石窟附近的寺庙。

到达石窟寺庙后,小孩用手指了指半山腰说:"一直往上走就能看见石窟了。"常生安还想问些什么,小孩一眨眼就不见了。两人只能靠自己往上走,走了不久就遇上五个强盗拔刀挡路,常生安早知道会有强盗,左手瞬间就抽出了自己的佩剑,强盗一看此人佩剑,欲上前来砍,玄奘一手拉住常生安,往前一步,站在常生安身前,摘下遮阳的帽子,露出庄严的僧相。

强盗一看是僧人,止住了恶行,高声问道:"法师要到哪里去?"

玄奘答道:"要去龙窟礼拜佛影。"

一众强盗大声笑起来说:"这里只闻有佛影,可是见过的没有几人,法师怕是见不到了。"

玄奘不慌不忙地回答说:"沙门坚信能看见佛影,你们若是不信便随沙门去看看就知道了。"

强盗们一时兴起答应玄奘同去,常生安一路都在提防着强盗,但是强盗们好像是真的要去看看佛影一样,收起了刀剑安安稳稳走在他们身后。抵达石窟后,只见窟内一片幽暗,什么也看不见,在石窟东面隐约有光亮,玄奘一行信步向前,走到东面触及东壁,东壁只有一点儿光亮。玄奘站定后即至诚顶礼百余拜,但仍一无所见。

强盗们看到这,举起刀嘲笑道:"法师,你看这里哪有什么佛影呢?要么你把财物留下,随你在这怎么拜,要么我们就不客气了。"

玄奘感到极其失望，自责业深障重，痛哭忏悔。常生安在一旁举剑守卫，玄奘只是痛哭了一会儿，便很快收起心性，跌坐而下礼诵赞佛偈。玄奘一边诵赞一边随礼参拜，强盗们看到玄奘如此，只是举着刀一副饶有兴趣的样子旁观。玄奘随赞随礼一百多拜后，之前东壁之上如拳的光影已放大如盘，但是转眼消失。此时玄奘更加有信心了，他已然忘却背后还有强盗的事实，眼里心里都是佛光。玄奘又坚定地随赞礼拜，这一下下的礼拜着实虔诚，玄奘的额头磨破了皮，渗出了血，但是他丝毫没有停下来的意思，一连又拜了两百多下。

玄奘虔诚的样子让常生安眼中噙满泪光，玄奘只是为了见到一抹佛光就如此虔诚礼拜，那么对于西行取经之事他一定是倾付所有，这是何等的忘我与虔诚。

玄奘的举动震撼了背后的强盗们，他们原本举起的大刀又慢慢放了下去，眼神里闪烁着复杂的光芒。玄奘因为多次礼拜，忽而眩晕，一时扶不住地，要跌倒之时，窟中终于大放光明，佛陀影像皎然出现在岩壁上，佛陀影像妙相庄严，神采奕奕，宛如亲临。在佛陀身后的金山也拨云见日般显现，散发出圣洁光辉，各大菩萨与罗汉也相继出现在佛陀左右，神色清晰可辨。

此刻玄奘的泪水默默流下来，庄重而认真地进行了一次礼拜，他的额头与粗糙的土地发出碰撞声，这轻微的声响却如雷鸣一般击中了常生安及强盗们的心脏。他们都放下手中的刀剑，跪下来，礼拜佛像。那一刻，无人不感觉心中喜悦，周身仿如触电一般酥麻。

玄奘诚心礼赞,香花供养完毕后,光影才一起消失。走出洞窟后,强盗们羞愧地把刀剑藏在身后,低着头不敢看玄奘,在亲睹佛影后,原本内心的恶念与贪欲完全被摧毁,此刻内心一片空明,只是站在玄奘面前。玄奘与常生安欲要离去,强盗们并不阻拦,还自觉让开。待玄奘走后,强盗们也沉默地跟着玄奘走了片刻,常生安回过头问:"你们如今见到了佛像,难道还想要劫掠吗?"

强盗们听到他这么问,一一跪下,摇着头颤抖着声音说:"我们自知业障深重,想要放下屠刀,愿法师能为我们受戒。"

玄奘为他们受了五戒,强盗们才不再跟随。从瞿波罗龙王石窟返回的时候,常生安不敢再像当初走来时候与玄奘并肩而行,他默默跟在玄奘背后,日落在西,他们朝着西走,玄奘消瘦而挺拔的身影正好挡住了日落的光辉,光一点点在常生安眼前描摹出玄奘的身影,那一刻,常生安觉得眼前的背影是他难以触及的存在,更是让他心甘情愿一生追随的光亮。

第八章

越过这条河

往事真正的力量其实不在于有多深刻，而在于当它与当下发生呼应时候的力量，那种力量是带着岁月的力量，摧枯拉朽，颠覆一切。当然，这种力量也会给予人们真正的信仰。十三岁的玄奘站在洛阳净土寺前参加招僧考试的时候，因为年纪不达标，他不能参加考试，只能站在考场外凝望，正午炽热的阳光让他汗如雨下，可他一点儿都不躲避烈日，从日出到日落，玄奘只是如一棵树一般，守候着凝望着寺院里紧闭的门，年少的他似乎想用眼光望尽那一扇门。直到那扇门打开，有人出来问他："为何站在这里，是要出家吗？"年少的玄奘有些不自信地回答："是的，可是我学习佛法的时间很短，修为不够，所以没有资格去考试。"那人又追问："那你为什么想要出家？"玄奘坚定而昂然地回答："为了继承如来的志业，将佛教发扬光大！"

一路行来，玄奘的身体已然疲惫，腿上的关节时常在夜里发痛，可是一颗心因为越发接近一直以来所求，所以越发兴奋与高兴。在腿关节彻底罢工，不得不静养的时候，玄奘回过头才发现已经从长安出来很远了，哪怕是从高昌国算起，他已经路过十余个国家，行程几千里了。如今他先后在迦毕试国、健驮罗国、波刺挐斯国、僧诃补罗国等瞻仰了各种佛迹，这些佛迹让他无比感叹佛陀之神圣与僧俗信仰之深，更让他坚定了当初进入佛门时立下的志愿。

河水的充沛与雨水息息相关，尤其是进入印度境内之后，所有的河水都磅礴激流，在抵达迦湿弥罗国前的河流时，那座唯一能渡过河流的铁桥因为年久失修，锈迹斑斑，桥身铺置的木板很多都缺失了。玄奘一行人不得不更加谨慎地走过这座桥，在缺失木板的地方他们只能扶着铁链走在桥底单薄的铁链之上，像是江湖上耍杂技的人一样。河水滋生了无数的蚊虫，在铁桥之上聚集着无数黑蚊，它们体表通黑，大如黄豆，一旦有行人通过，原本静止的黑蚊就会群起而攻之。

在渡过铁桥之后，玄奘一行人身上即便用衣物裹得严严实实，也还是被叮咬了无数红肿的包。从迦毕试国出来的时候，国王见玄奘一行人对于路途不熟，特意派了专使一路护送玄奘到摩揭陀国。在渡过铁桥之后，专使忽而瞧见日落的光辉被一大片黑雾遮掩住，黑雾轻薄而范围极广，黑雾边缘一会儿凸显一会儿收紧，像是在天空蠕动而来的活物一样。

"快放下行李,都跳到河水里!"专使慌张地大声喊道。

所有人都不明所以,呆立在原地。"再不下去,命就没了,蚊灾来了!"专使指着远处的黑雾惊恐地喊着。

所有人听到喊声都赶忙跳到河水里,专使一边将双手深深插入不深的河底,捞起一把乌黑的泥巴,一边冲众人喊道:"快用泥巴把脸和头发护住!"说罢,所有人都学着专使的样子从河水里挖出淤泥涂到自己的脸上,淤泥把所有人都伪装成泥人。专使沉入河水中,只留下用涂满淤泥的头。当所有人都效仿着沉入河水中,黑雾迅速地飘过来,专使又喊了句"憋住气"。所有人都屏住呼吸,大气不敢喘,那黑雾从众人头顶经过,离近了众人才看出来,那黑雾竟是一只只黑蚊组成的,黑雾笼罩住众人,只觉遮天蔽日。所幸,从移动极快,从众人头顶飘过时,所有人长舒一口气,如死里逃生一般。

众人用河水把头脸的淤泥洗干净后,专使如劫后余生一般,说:"这黑蚊雾历来只是传闻,今日得以一见,能捡回一条命来已是万幸。这黑蚊雾只在日落时起,凡经过之处所有活物的血液都被其吸干,只剩下一具具干尸。"

众人听到专使这么说,才惊觉刚才的凶险。

在渡过大河休息一日之后,走了不远,玄奘便到了迦湿弥罗国的都城达摩舍罗,这座久负盛名的都城雄伟的身姿在清晨的雾气中若隐若现。

众人走近了才见这座城池呈细长条状，三面环绕雪山，一面临河，即便是隔着城墙也能看见城内林立的佛塔，高高低低仿佛森林一般。这些在之前的地方是从未见过的雄伟，玄奘远望这些佛塔，心中生起无限感慨，他曾经梦见过类似的场景，如今现实与梦境重合，恍如隔世却又真实亲切。

玄奘在踏入印度前的一晚，梦见自己已经年老体衰，他身旁空无一人只有这些佛塔，远处的天边被一卷卷展开的经文占满，玄奘并不觉得孤单，他想走近去看看那天边的经文，但是身体不能动弹，低头时才发现自己也化作了一座佛塔。

玄奘是从西门进入都城达摩舍罗的，西门的守卫是两位人高马大的士兵，进入都城的人都需例行检查行李，在检查到玄奘的时候，守卫见这僧人面貌清奇，风尘仆仆，显然不是本国之人，忙上前恭敬地问道："这位法师，可见过从东土汉地而来的玄奘法师？"

玄奘有些惊奇地回答："沙门正是玄奘。"

守卫的脸色愈加恭敬，又带了几分欣喜，忙跪下顶礼道："我王一向崇奉佛法，得知法师将至本国，这些日子天天都在等候，吩咐我们留心打听消息，早已备好了车马仪仗，以便迎接。今日法师果然来了，我王听到这个消息，还不知道会怎么欢喜呢！"

"阿弥陀佛！"玄奘合掌道，"多谢国王好意。"

玄奘等了片刻，迎接玄奘的仪仗队便到了跟前，只见幢幡宝盖，香烟缭绕。最前面的便是原本在西门的侍卫，后面是连绵浩荡的马队，左右大臣及一班僧众簇拥着两头大象，其中一头背上坐着迦湿弥罗国国王，国王高鼻深目，满面虬须，身着锦服，手持鲜花。侍卫引国王下象，国王仔细整理了自己的衣着，带领着那些僧侣径直向玄奘走来，国王的步伐极慢，每一步都走得恭敬平稳，在离玄奘还有十余步之远的时候，国王躬身虔诚礼赞，然后每走一步就礼赞一番，在行至玄奘面前时，国王从身边侍从的手里拿来花篮，花篮里装满了各色鲜花花瓣，国王抓一把花瓣在玄奘面前撒下来，然后绕着玄奘走了三圈，每一圈都在撒花，那些鲜艳缤纷的花瓣如雨水一般落下来，阳光透过花瓣散射成各色光芒。

玄奘看着眼前的情景，觉得似曾相识，他被迎接着坐上大象，大象跪下来的那一刻，玄奘转头看见了天上的云朵，云朵被风吹散，幻化成无数形状。玄奘恍然大悟，那是曾经在长安见过的场景，只是当初只瞧见了那头跪着的大象，未曾见过这斑斓绚丽的花雨。

玄奘抵达迦湿弥罗国前三日，护瑟迦罗寺所有的僧人几乎是在夜里同时惊醒的，他们惊醒后一一点燃屋内的蜡烛，沉寂在黑夜中的护瑟迦罗寺须臾之间就变得灯火通明。僧人们不约而同地聚集到了大殿内，起先是一个僧人讲述了自己的梦境，而后更多的僧人参与进来，他们都在讲述一个一样的梦境。

梦境中的护瑟迦罗寺内，有白衣天神从天而降，立于寺中央，天神周身散着白光，发髻高束，面容威仪。天神降临到寺内，寺内便地动山摇起来，这巨大的震动把每一位僧人都从房屋内震了出来，僧人们跌跌撞撞都聚集在了寺中央，僧人们到了寺中央才发现虽地动山摇，但是寺内所有房屋连同树木都未动分毫。僧人们都聚集到了寺中央，天地便恢复了正常。天神目光如炬扫视众僧，僧人们都感觉到了莫大的压力，纷纷跪下来。天神用雄厚而威严的声音说道："有客僧从大唐国来，欲在印度求法学经，观礼佛迹。此人因为求法而来，所以有无量护法善神跟随，将随师进驻本寺。诸师等由于宿生福德因缘得以出家，为人所羡慕，如今应该精勤诵习，令诸护法善神赞仰，怎么可以懈怠昏睡？"天神说完这句话便瞬间不见，众僧皆从梦中惊醒。

僧人们在大殿之内讨论梦境的声音渐渐安静下来，诵经之声响起，众僧禅诵至天亮。翌日，寺中僧人便到王宫内将这个梦境告诉了国王，国王欢喜，当即吩咐仪仗队准备迎接玄奘。

国王引领玄奘在王城之内参观了很多寺庙，最后在阇耶因陀罗寺内安歇，这是迦湿弥罗国最大的寺庙。当整个王城的僧人得知玄奘在这里之后，都成群结队地前来拜会玄奘法师。玄奘挨个接待诸僧一直到了傍晚。

当天傍晚，阇耶因陀罗寺准备了最好的素斋来款待玄奘，常生安与沙弥们在用餐时未见到玄奘，阇耶因陀罗寺的僧人都以为玄奘被国王迎请宫没敢多问。常生安吃完了饭回去的时候，才发现玄奘并没有进宫，玄奘所住的客房的窗户是开着的，玄奘站在窗前，正在沉思，他的目光时而落在大殿上，时而又落在香鼎之上。

客房的窗户有一人高，常生安从窗前走过，玄奘并没有理他，常生安走了两步又折了回来，往常玄奘哪怕是在沉思，见到他也会抽离出来寒暄一两句。今天的状况有点反常，常生安不得不担心起玄奘。

常生安折回去后，倚靠在窗边，因为离得近，他的呼吸声惊扰到了沉思的玄奘。玄奘叹了口气，窗户是朝外开的，棱花隔扇正好遮住了常生安。玄奘虽然能听见常生安的呼吸声，但看不见常生安。玄奘问道："是生安兄吗？"常生安回答道："是我，法师又是在为什么事情苦恼呢？"

常生安见玄奘没有回答，自顾自地继续说道："我初识法师时候，只觉是个普通的小和尚，这一路走来已然快要两年了，法师一路上的荣耀让人敬佩，当然法师的学识是配得上这些荣耀的，尤其是近来路过的各方小国更是对法师推崇至极，而法师心心念念的摩揭陀国，照这样下去肯定可以抵达，法师还有什么苦恼呢？"

玄奘叹了一口气，打起一丝精神，问道："在你们比试武艺的时候，招法重要吗？"

常生安一听玄奘问到了自己擅长的，马上来了兴趣，回道："招法是武艺的根本，当然在实战的时候要学会随机应变。如果不踏踏实实学招法的话，随机应变也无法变了。就拿我的剑法来说，我可是我师父的闭门弟子，上接华山剑法又经过师父的改良才有了如今的模样……"

常生安滔滔不绝地开始讲述自己的剑法，玄奘那边却忽而没了声音。一阵风吹动窗前的那棵芭蕉树，宽大的叶子发出沙沙的声响，常生安这才被打断停了下来。他忽然意识到，还没有问出玄奘法师怎么了。风只刮了一会儿，两人静听风声，风声停了以后，玄奘低沉地说道："今日迦湿弥罗国的佛门师兄弟对我的赞赏让我看见了自己的不足，因而觉得有些恐慌，在印度诸国内，凡是精通'五明'和'四吠陀'，能秉持一种学说，均被尊称为'论师'，不只是佛教，其他教徒都在通过辩论的方式进行交流，甚至一决胜负。这种辩论常常带有巨大的赌注，败者颜面扫地再无权发表自己的学说，严重者要赌上自己的生命。"

玄奘停了一下，深深地吸了一口气继续说道："在印度诸国若是想要获得真正的地位并弘扬佛法，就得参加辩论，在激烈的辩论中争来地位。辩论用的都是梵语，沙门的梵语虽已足够日常使用，但是参与辩论还是捉襟见肘。其次，在辩论中常用的因明学，是辩论中最为重要的逻辑基础，沙门对此的掌握还远远谈不上熟练。"

风停了之后，忽而又起了一场疾风，那疾风吹掉了窗前芭蕉树一片枯老的叶子，叶子坠地时发出吧嗒一声，这突如其来的声响打断了玄奘的话。常生安忽然想到了办法兴奋地说："法师如今已踏入佛国，那么精通因明学的肯定大有人在，法师只要拜师学习就好了。"

玄奘点了点头，担忧地说："生安兄与沙门所想一致，只是不知他们是否愿意教导我这个他国而来的沙门。"

玄奘的担忧在迦湿弥罗国国王的热情下显得多余。在国王的引荐之下，玄奘结识了阇耶因陀罗寺的住持、迦湿弥罗国最负有盛名的高僧——僧迦耶舍长老。这位长老已经年逾七十，他对于玄奘的盛名早已耳闻。第一次与玄奘见面的时候，玄奘一直是站着与他讲话，态度十分恭敬，玄奘给长老留下了很好的印象。在阇耶因陀罗寺的日子里，玄奘自从认识了僧迦耶舍长老便常去拜访他，时间久了，加上国王的推荐，僧迦耶舍长老虽然已经气力衰微，但是还是勉力传授玄奘课程。

僧迦耶舍长老定下课表，每天上午讲《俱舍论》，下午讲《阿毗达摩顺正理论》，夜里讲授因明论、声明论。长老谆谆教导，每每遇到难题都反复解释，力求意达准确。玄奘用心听讲，聚精会神，并细细加以领会。僧迦耶舍长老一共讲了两月有余，迦湿弥罗国境内的学者听说王城大开道场，都来参加法会，一时间人员麇集，但是法会并不混乱，大家都各安其座，鸦雀无声，静声听讲。

在授课完毕后，僧迦耶舍长老对众人说道："这位唐国法师年纪虽轻，却聪明绝顶，学力很深，你们大家，没有人能赶得上他。他这样聪明，道德又高尚，一定可以大扬佛法。"

玄奘结束课程后，原本那些私下说玄奘徒有虚名的人都噤了声，无不佩服起玄奘。玄奘完成了课程了，心里的一块大石头落了地，便着急启程，如今离摩揭陀国越近，他赶路的心越急切。

从迦湿弥罗国出来的时候，常生安笑着问玄奘："法师可是把招式都学全了，我可是听说摩揭陀国大师云集，到时候才是真正的高手过招。"

玄奘也笑着回复："让生安兄担忧了，都学全了。"

自从进入北印度之后，关于诸国的传闻都没有磔迦国的多。磔迦国是印度边荒地区，据说这里的人茹毛饮血，强盗横行，这里的小孩都能拿起与身等高的大刀在路上劫持路人。一到夜里更有从山里下来的精怪，吞食家畜。玄奘抵达磔迦国之前特意把随身携带的大部分财物都布施了，按照玄奘的设想，仅剩不多的财物哪怕被劫掠了去也不觉可惜，只要能平安度过磔迦国就好。玄奘一行人在磔迦国境内，先是过了阇耶补罗城与奢羯罗城，而后抵达了磔迦国最大的森林——波罗奢大森林。森林外围很多村民烧林为田，开辟了很大一部分农田，但是波罗奢大森林太广袤了，这些农田只占到了很小一部分，跨过这些农田之后就进入了幽深茂密的森林内，而森林内因为地形多变，树木密集，所以成为强盗们常出没的地带。

玄奘进入波罗奢森林后不久就遭遇了强盗，强盗有五十余人，身着兽皮，面目凶恶，这些强盗仗着人多势众，很快把玄奘一行人团团围住。玄奘这一路上已经不是第一次遇见强盗了，每一次都因为菩萨的庇佑而逃脱，况且这一次他早已有了心理准备。同行的常生安欲要动武，被玄奘拉住，玄奘摇了摇头。现在常生安手部有疾，武力不如从前，硬拼除了徒增伤亡外，没有益处。

强盗们拿走财物大多都会散去，玄奘这么劝住常生安，也是这么安慰随行的沙弥和挑夫们。强盗们把包裹全部打开，将值钱的物品归纳好，那些并不值钱的衣帽都被抛入旁边的河水中。搜刮完玄奘一行人随身携带的财物，强盗们举刀前来，让他们脱去外衣，往常旅客都会将最为贵重的物品随身携带，强盗们搜索完玄奘等人的衣物后，一无所获，不禁大怒。

玄奘大部分财物都已经在到来之前布施完毕，如今所剩无几，强盗们愤怒地用刀尖指着玄奘的额头骂道："你这沙门，怎么如此穷酸潦倒，让我们白白忙活一场。"说罢，强盗们便用刀威胁着玄奘等人到河边，看形势是准备杀掉他们所有人。常生安到河边后，发现在河水旁的乱石中有一条暗道，暗道口被杂草覆盖，很是隐秘。所劫财物因为稀少，所以引发了强盗们的争执，在强盗们争执之际，常生安一手抓着玄奘就往暗道跑去，暗道离得近，不过几步便遁入。玄奘在进入暗道后，回头看了一眼那些沙弥和挑夫，沙弥与挑夫们也看见了逃走的玄奘。他们的眼神复杂，既有对死亡的恐惧，又有一些庆幸，庆幸玄奘能逃出生天，玄奘哑声用唇语说："等我。"沙弥与挑夫们在慌乱中，不一定能读懂玄奘的话，但还是默契地用自己的身体把暗道口堵住。

玄奘跟着常生安从暗道口一路狂奔，暗道是随着河水流动的方向，直通森林外的农田。在进入森林后，因为枝叶茂盛，遮天蔽日，看不见太阳。走出大森林后，已是正午，森林外的农田中都是忙碌的农夫。玄奘站在森林外的半山坡上，恰好能看见大多数的农夫，玄奘扯着嗓子用尽全力喊道："沙门遇难，恳求诸位帮帮沙门，进入森林驱走强盗！"农夫们先是不解地看着玄奘，玄奘又喊了一遍，同时双手合十，深深鞠了一躬。

农夫们看见玄奘如此，顿时拿起手中的犁耙、锄头、镰刀等工具冲上了山坡，那些农夫一边向着玄奘跑来还一边呼朋引伴，霎时间，一百多名农夫就站在了玄奘身后，玄奘带着农夫们一路狂奔，幸好不远，很快就找到了强盗们。农夫们挥舞着犁耙、锄头，常生安挥舞着长剑，大伙的呐喊声与铁器划破空气的声音，像海潮一样朝强盗们涌了过去，强盗们一惊。原本大森林就光线昏暗，看不清到底有多少人，只觉山呼海啸一般，强盗们连忙拿起劫掠的财物，如惊弓之鸟一般四散逃跑。

被强盗们原先围住跪下的沙弥和挑夫们，站起来，脸上露出劫后余生的表情，他们看着玄奘，眼中带泪。常生安则追着强盗们跑了好一阵子，等到玄奘安抚好沙弥和挑夫才赶了回来，玄奘略有责备地对常生安说："强盗们都散了，你一人追上去，万一出了变故怎么办？"常生安昂着头说："就那几个小蟊贼，爷爷不怕他们。"玄奘叹了口气，不跟他争辩，常生安看到玄奘如此，本想再狡辩两句，低头看见那只颓软的右手，举起右手又说了句："以后不去了，听法师的。"说完，有些失落地干笑了两声。玄奘眼露担忧地点了点头说："那便好。"农夫们看把人都解救了，便散了去，玄奘几番致谢，淳朴的农夫们不知如何应答，只是笑着摆摆手。

玄奘见过很多条河，在走出大唐国之前，他见过磅礴激流的黄河，也见过暗流涌动的疏勒河，到了印度境内更是见到不少河，那些河或大或小，或是平缓或是湍急。随着一路前行，河流与山川逐渐成为记忆中的底色。可是有一条河是玄奘一直挂念的，只要到了那条河，就说明离摩揭陀国与那烂陀寺不远了，那便是恒河。

恒河，是玄奘所知与人间联系最为紧密的一条河了。这条苍青色的河流是当地人心中最神圣的河水，人们坚信恒河之水能赐福于人，即使是罪孽深重的人，只要用恒河水沐浴，就能洗脱罪孽；饮了河水，便除去灾难；轻生者自沉河中，可以转生天界受福；用力拍打河水，便能使得亡魂获得超度；若将死人的尸骸投入河中，则可使其不堕恶趣。恒河只有每日的清晨是属于自己的，河水可以平缓而恣意地流淌，一旦太阳升起，人们就会涌入河水中，用自己单薄的肉身填满整条河流，祈祷声、吵闹声随着河水的雾气飘荡在河面之上。

玄奘抵达恒河边的时候是清晨，玄奘一行人中，玄奘是最后一个到恒河边的。因为玄奘听到恒河那潺潺的水声时就故意放慢了步调，那是一种对于神圣的虔诚。清晨河水腾升起的雾气让人们从远处并不能看清它的全貌，只是在白色的雾气中能瞧见一抹绿色与一抹黄色相接，那绿色的是恒河，黄色的是河岸。玄奘慢慢走向恒河，走到河边的时候，浓重的雾气还未散去，河水是绿色的，玄奘蹲下来，用手捧了一把河水，河水浓重的腥气直冲鼻腔。玄奘凝视着手中的恒河水，这透亮的恒河水，其中包含了各种神意，那些神意不仅仅是佛，还有诸多神明的意思。对于佛陀来说，这条河水亦然是他的母亲河，澎湃的河水是滋养佛的乳汁，玄奘低下头，抿了一口河水，河水苦涩，但是玄奘心中却升起欢喜。他终于与佛陀，隔着时间的长河也同饮了一样的水。

在抵达恒河前，玄奘就已经知道必须赶在正午前渡过恒河，一旦太阳升起，恒河就不会像是这样安静了。人间的吵闹会添加进恒河，到时候渡过恒河就很难了。可是玄奘还是想看一眼恒河的样子，他在等待阳光驱散雾气。

在日出的光芒渐渐明亮起来的时候，雾气一点点散去，一条笔直的河流出现在众人面前，河面波浪的起伏如同脉搏，一点点的阳光在上面跳跃，河水冲击河岸的声音更加明显，仿佛沉睡的人醒来，呼吸也沉重了起来。

玄奘知道，这一条河流既是自然，也是一方活着的生命。

阿逾陀国是玄奘在渡过恒河之后抵达的第一个国家。阿逾陀国依恒河而建，寺庙百余所，僧徒数千人，玄奘在阿逾陀国瞻仰佛迹之后，听说只要顺着恒河而下便可抵达阿耶穆佉国，阿耶穆佉国往前再走几国便可抵达摩揭陀国了。

玄奘所乘的船从渡口启程的时候，因为乘船的人众多耽误了一会儿,船夫检查了每个人的行李,他叮嘱每个人要在行李里放一些钱财,要是路上遇见强盗可以买自己一条命。常生安搜遍周身也没找到一块碎银,他不得已只能问玄奘要。

玄奘一路得到的供养极多,大部分都布施出去了,但为了应付旅途之用还是剩了一些,他从经箧拿出一块碎银递给常生安。常生安接过碎银,小心翼翼地往自己怀里塞去,常生安失落地自语道:"如今也是虎落平阳,要拿银子买命了。"

玄奘见他如此,宽慰道:"世事难料,都是有舍有得,生安兄多虑了。"言毕,玄奘站在船头望了一眼前方又说道,"如今,马上就要抵达摩揭陀国了,生安兄有何打算?"

常生安拍了一下脑袋慨叹道:"呀!时间一晃,已经快要到了吗?大师快数数还要路过几国?"

玄奘回道:"按照现在的路途,最多不过三四国了。"

常生安挠了挠头说道:"如果在接下来的三四国还遇不到合适的机缘,不如到了摩揭陀国就请大师为我受戒吧。"常生安说完这话,虔诚而真挚地望着玄奘。

玄奘点头道:"也好。"

直到正午,船才慢慢起航,因为是顺流而下,所以船行进的速度很快,下午便行了一百多里,恒河两岸的景色也变化起来,从寺庙林立、人声鼎沸到树木葱郁、人迹罕至。阿输迦林是生长在恒河两岸的森林,河水的滋润让森林树木高大,植被葳蕤,一眼望去非常幽深。在抵达阿输迦林的时候,整船的人都在熟睡,航程的单调加上炎热的气候，让人昏昏欲睡。

当玄奘默念《摄大乘论》时，耳畔连绵的呼噜声忽而被两岸响起的锣响打断了，所有人从梦中惊醒，四处寻找锣响的来源。寻找很快有了结果，响声是从河岸而来，当众人的目光锁定响声的来源时，两岸幽深的森林里突然就蹿出了几十条小船，小船迎流击锣，飞驰而来。站在船头的船夫，首先看见了小船上的人，那些人头戴黑巾，手拿刀剑，船夫大喊一声："强盗来了！"

在登船之前，所有的人都听说过阿输迦林的强盗，这些强盗依恒河而生存，他们将顺流恒河的旅客视作恒河送给他们的礼物，既然是礼物，那么就已经与人区别开来。那些强盗对旅客们的生死都视作自然。

船上的人被这一声喊惊得乱作一团，几个胆小的商客，手抱财物，从船上跃了下去。小船很快便把大船围住，从小船上甩出无数钩锁，勾住大船。小船与大船连接在一起后，小船上的三五强盗顺着钩锁攀缘到大船上，举刀杀了船夫，船夫的血溅了一甲板，众人更加慌张，几个人因为恐惧发出呜呜的悲鸣。

大船被小船拖着逐步靠岸，甫靠岸，原本小船上的强盗们便一拥而上，举刀威胁所有人脱光衣物，交出所有财物，并在岸上站成一排。这些强盗与玄奘往日所见不同，这些强盗更为强壮与凶狠，眼神里的蔑视显然已把所劫人当作牲畜一般。常生安在一旁气得咬紧牙关，腮帮子鼓得像个核桃，血色慢慢也爬上了常生安的眼睛，愤怒的火焰在他的心中燃烧、炸裂，他恨不能用剑把这些强盗——血刃。随行的沙弥与挑夫们因为强盗们的凶狠，害怕地都在发抖，玄奘看见了常生安的愤怒与沙弥们的惊恐，可是此情此景下，他也想不到更好的办法，只能不断祈祷诸佛菩萨的庇佑。

这些强盗都是突迦天神的信徒，突迦天神是女天神，她为男性众生说法，使他们离贪欲。而她的信众们为了取悦自己的天神，要进行血祭，即选取样貌端正的男人作为贡品，杀之用血祭祀。强盗们分完财物，举着刀在众人面前巡视，所有人都因为惧怕而不敢看强盗的脸，只有玄奘与常生安不低头，玄奘是无畏地平视，而常生安则是愤怒地敌视。强盗们在常生安与玄奘面前徘徊了几次，几个强盗像是达成了默契一样嘴里兴奋地嘀咕着，眼神不时地瞥向玄奘。玄奘被强盗们异样的举动惊得一身冷汗，这些贼人的眼神不是之前见过的贪婪模样，而是如同一头头饥狼，眼神里的光都能把玄奘嚼碎了。这是玄奘从未见过的。

强盗们三五成群，窃窃私语商议着什么，然后迅速达成默契。他们在岸边的空地上支起一根高耸的柱子，又在柱子前摆上桌子，桌上放着银制的器具，强盗们恭恭敬敬布置好一切后，走到玄奘身边，粗鲁地把玄奘押走，强盗们把玄奘押送到架子旁，用麻绳将玄奘牢牢捆在柱子上，强盗们做完这一切满意地拍了拍手。

是一同被强盗劫来的船客发现了异样，船客大喊着：“他们是想用玄奘法师的鲜血去祭祀他们的突迦女神！”

这一声吼，让原本因恐惧而安静的人群中炸开了锅。有人哭泣，有人跪下来祈福，还有人试图逃跑。常生安此刻瞪着双眼，扯着嗓子怒吼着："滚开，滚开，有什么事冲着爷来！"他一边吼着，身体一边向前倾，两只手被捆在背后，两边的肩膀便用力耸着，像一尾强壮而倔强的泥鳅一样再次向前挤着。强盗们对于玄奘的兴趣让他们变得格外高兴，丝毫不为常生安的举动而愤怒，他们只是一遍一遍用力地把他推回去。

常生安在一次次往前挤的过程中，被捆于背后的两只手也没停下来，右手因为受伤而不能用力，左手的袖口藏着的短匕正在一点点割着捆住双手的麻绳。因为他一次次地向前挤着，强盗们并未发现他手底下的动作。在近十次的冲击之后，常生安背后的麻绳终于被他手中的短匕割断，霎时间，常生安左手握拳以迅雷不及掩耳之势击向正前方的强盗，前方的强盗被这突如其来的一拳击倒在地，旁边的强盗反应迅速举刀劈来，常生安顺势蹲在地上，一计扫堂腿又把举刀的强盗掀翻。

常生安手中无剑，心中无底，在击倒两名强盗之后，他目光如炬在现场寻找刚刚丢失的佩剑。那佩剑因为过重，又因常生安有些晕船，所以上了船便把佩剑与玄奘等人的包裹放在一旁让小沙弥看护，没承想就是这个疏忽让这些强盗抢了机会，轻易地将他们劫了来。常生安发现在距离身前不到百米的地方正是强盗们分赃完准备丢弃的物品，长剑是中原大唐才有的兵器，进入印度之后，无论是士兵还是强盗们基本都在用刀，短刀、长刀、弯刀，各式各样。所以那柄长剑理所当然地被当作废物扔在了丢弃物品堆里。常生安目光锁定自己的佩剑之后,一个箭步向前想要冲过去拿剑,但是那些强盗速度更快,以夹击之势将常生安围住。强盗们手中的刀刃寒光熠熠,常生安不是没有看见,只是此刻他的心里只有那把佩剑,因为他知道,只有拿到了那把剑,自己才能保护玄奘大师活下去!

剑离常生安还差一步,强盗们已经涌了过来,黑色的头巾与刀刃混杂在一起,已经分不清到底有多少人,此刻他们化成一头黑色尖牙巨兽,张开嘴,而那把剑就在巨兽的咽喉处,常生安弯着腰避开巨兽的尖牙,在巨兽的咆哮声中,他一个鱼跃终于拿到了佩剑。当佩剑的重量稳稳落在手上的时候,常生安感到了一种心安,可是他根本来不及思考,他马上转身奔向玄奘。玄奘此刻被捆在柱子上,玄奘也看见了常生安,玄奘自知此劫不是常生安一人能抵抗的,此刻也用尽力气喊着:"快逃!逃!"

玄奘的喊声,常生安一定是听见了,可是对于他而言,那更像是一种求救。他要救下玄奘,哪怕粉身碎骨。常生安拿到佩剑的时候其实就已经负伤了,他的脊背被刀刃割烂,被鲜血染红。常生安置于强盗群中,如同一滴水被置于烧红的铁锅中,在蒸发,在跳跃,在抗争,他的剑在空气中嘶鸣,他的手指在颤抖。即便他也知道自己不可能打败这么多强盗,但是在打斗中,他还是一点点在向着玄奘靠近。

在力竭的最后一刻,常生安的目光越过眼前的敌人,看见了玄奘的眼睛,那是一双从他第一次看见就没有变过的眼睛,如此诚挚而坚定,哪怕是生死存亡的此刻。常生安嘴角挤出一丝笑容,鲜血顺着嘴角流下来,像是一滴他从未承认过的眼泪,常生安知道,他的天下第一剑客的梦没了,不过就这样也挺好,拼尽全力去护一个人,那个人是很多人的光。

玄奘一直在注视着常生安,常生安此刻的勇猛是他从未见过的,他像是一支丧失了箭羽的箭,跌跌撞撞、歪歪扭扭地冲向自己。玄奘知道,那一支以常生安肉身化成的箭是拼尽了全力也要拯救自己的。可是敌人太多了,那些敌人像是狼群一样,围攻着已经负伤的常生安,血色染红了地面。他看见强盗们像是巨兽一样把常生安吞没,然后是片刻的寂静,随即那些强盗发出一声声如释重负的叹息声。

那一声声叹息声是常生安最后的讣告,玄奘紧紧闭上了自己的眼睛,即便是晴空万里,可是他的眼里已经容不下一丝光亮,他的心脏骤然停止跳动。那个一直以来都在信誓旦旦要护自己周全的人,在即将抵达佛国的时候还是抢先一步走了,玄奘知道人生自有离别,可是他怎么也不会想到,陪自己走了这么远的人竟然会以如此残忍的方式与自己告别。

从学佛之日起,玄奘就在不断练习如何与无常对抗,如何取得大圆满的境界。可是活在人世,即便再通透的人也会被无常捉弄。常生安的死,深深刺痛了玄奘。

这一路行到如今,他已经见过太多人的离世,柔软的慈悲之心已经遍体鳞伤，如今他的心在无常的风雨中被吹散了。玄奘不禁问，是否我的出发就是错误？是否这一路注定要死伤无数？是否他人要为我玄奘送命？

这些问题让玄奘悲痛而苦恼，他从未像此刻一样需要一个答案。强盗们刀刃的挥舞声离玄奘越来越近，船客们的呼救声此起彼伏，玄奘睁开眼，他望了一眼天空，自念道："我知道一定要取得真法，只有真法才能解众生之苦，才能明佛理之意。但是若是我玄奘达不到，那就让别人来吧。"

玄奘闭上眼，准备迎接强盗们的刀刃，内心一片澄明，他知道，路是没有错的，只是自己运气不好，没有能走到最后。在玄奘做好一切准备的时候，强盗们举起刀走向祭台的时候，原本的朗朗晴日此刻宛若黑夜，乌云压顶，一阵阵大风袭来，风吹断了树枝，把人吹得难以站立，更是把原本整齐摆放在祭台上的器物吹飞。天空猛然传来一记雷鸣，雷声接二连三，轰隆之声震耳欲聋，风声与雷声掩盖住了原本的呼救声与强盗们的声响，大风在恒河之上卷起巨浪，巨浪把原先强盗们用的小船一一掀翻，卷到岸边，那些小船在碰撞之间几乎全部损毁。

强盗们见此天象，纷纷停下来，一一跪在祭祀台前，他们都以为是他们的突迦女神发怒了。所有人都被这天象吓得魂不附体，只有站在祭台上的玄奘，闭目沉稳，面如玉石。其中一个强盗冲上祭坛想要用玄奘的鲜血来安抚他们的突迦女神，但是当他把刀举起来的那一刻，突然天降闪电，一道白光在他身旁炸裂开来，巨大的响声与光亮让他瞬间晕厥。底下跪着的强盗马上明白过来，这不是他们的突迦女神发怒，而是另有神明，其中一个强盗颤颤巍巍站起来，指着玄奘问："这个和尚到底是谁？"

那些惊恐的船客鼓足了劲答道："那是大唐来的玄奘法师，他欲去摩揭陀国取得佛经！"

强盗们赶忙冲上祭祀台，松绑玄奘，玄奘睁开眼，准备慷慨赴死。可是他没有看见尖锐的刀刃，只看见了面露惊恐与敬畏的强盗们。玄奘长长叹了一口气，原本系在左手的念珠滑落到了他的手中。天空也一瞬间恢复了晴朗，仿佛之前的大风与雷声从未来过。

"苍天有眼，不灭玄奘。"玄奘双手合十，低声说道，同时心里轻叹一声。

每一个英雄都应该有一个盛大的葬礼，这是所有人的共识。玄奘从祭祀台走下来的时候，他十分想要给常生安一个盛大的葬礼，可是他也明白，这位虽然从不接近佛的俗人，在刚刚，已经无限度接近了佛的境界，舍生取义的他已经得到了大圆满。

此刻，玄奘离佛国只剩下最后一段路，而常生安此刻应该在前往极乐世界的路上刚刚迈开脚。玄奘想到这里，跪下来，他面朝西方，那湛蓝的天空是望不尽的，玄奘的泪水一点点泅湿了天空。

那是他对这位英雄最后的目送与祝福。

第九章

绚烂的那烂陀寺

即便玄奘来到印度境内后曾经无数次渡过恒河，可是他从未如此仔细端详过这片河水。河水在阳光之下，分为两层，底层混杂着泥沙呈现出昏黄色，而上层的河水是绿色的，黄绿两种颜色只有在河水流得极慢的地方才能看清。玄奘南渡恒河即将抵达摩揭陀国的时候，他赤脚坐在船头，低下头看着恒河水，那绿色的水忽而变得透彻，将所有光芒都透射给了底下昏黄色的河水，而那一刻因为颜色的差异，反而觉得这一条河流成了两条，底部流得快，上面流得慢。

燥热的天气是恒河永恒的伴侣，太阳的炽热让河水蒸腾起浓烈的腥味，汗水一点点打湿了衣衫。玄奘却感受不到燥热，他的心静如水。船夫在玄奘身后问："法师，是要去摩揭陀国吗？"

玄奘点点头。

船夫又问:"法师是一个人来的吗?"

玄奘看着河水头也不回地说道:"曾经是一个人,如今也是一个人。"

船夫听不懂玄奘的话语,只能憨笑两声表示应答。玄奘看着河水心里想,所谓远途,既是一路的遇见也是一路的告别。如同这河水,只是有时候,告别来得太过仓促,掩盖了遇见。

玄奘抵达摩揭陀国后,先来到了恒河之南的故城。因为已经抵达佛国,所以佛迹更为众多。在城内有一舍利塔,里面有佛舍利一斗,夜晚时分就会放出神光。在舍利塔不远处有一精舍,内供有世尊脚印的白石一方,石上的世尊双迹长一尺八寸,宽六寸,脚下有千副轮相、瓶鱼花纹等,十指端有卐字纹,历久弥新。这是佛将入涅槃前从吠舍厘来,经过恒河南岸,站在这石上告诉弟子阿难说:"这是我入涅槃前最后回望菩提树下金刚座和王舍城所留下的足迹。"

玄奘瞻仰佛足迹时忽而想到,当初佛祖是在菩提树下顿悟,涅槃之时回望菩提树也是在回顾自己的来处。玄奘触景生情,想到自己这一路追随佛理而来,足迹从长安一直延伸到摩揭陀国,如今终于与世尊的足迹相重合。身在佛国之中,马上就要抵达那烂陀寺,但是直到走到佛足迹之时,玄奘才意识到自己内心的惧怕。

这一路走来,自身背负了太多的罪孽,众人虽不是他杀却因他而死,更重要的是这一路所见人间疾苦,自己大多无能为力,甚至有几次为了急忙上路而弃之不顾。玄奘想到这里，停下了脚步，在故城停了下来。在故城停留的几日，玄奘对所有佛迹一一进行礼拜，如屈咤阿滥摩僧寺院、底罗磔迦寺等。

最后的一日，玄奘终于走到了菩提树下。

这菩提树本名毕钵罗树，世尊住世时高数百尺，因常被恶王诛伐，如今只有五丈余高。昔日世尊坐在树下，成就无上正等正觉，因此树改名为菩提树。菩提树树茎黄白，枝叶青润，秋冬不凋。只有佛陀涅槃之日时，其叶顿落，经过一夜，又还生如初。因此在摩揭陀国，每到佛陀涅槃这一日，印度诸国王与臣僚等共集树下，以乳灌洗，燃灯散花，最后捡起地上飘落的菩提树叶散去。

玄奘抬起头，这菩提树的枝叶正好挨在他的额头上，枝叶微凉，上面还沾有清晨的露水，那一片片菩提叶青翠欲滴，阳光从树叶之间的罅隙投射下来，光影交汇间，玄奘因为激动整个身体在微微颤抖。玄奘闭上眼，眼前的菩提树消失了，忽然在黑暗中炸裂出一团光，光芒之中又开出一朵巨大的莲花，莲花花瓣缓慢绽开，在莲花之上又出现金轮，金轮旋转炫目。玄奘心知，这是见到了佛迹。他不愿意睁开双眼，情愿再多看一眼这佛迹，可是他又不得不睁开双眼。他自知业障深重，没有资格再看。玄奘睁开双眼，眼眶湿润，他跪在树下，五体投地。

业障是执，执人情之深重。

业障是愚，不得参悟佛法奥义。

业障是贪,贪他人之助。

玄奘越想越悲哀懊恼,自忖佛成道时,不知自己漂沦何处,如今直到像季(佛教指像法的末期)方才至此,自己的业障如此深重。

一念及此,玄奘再也忍耐不住,整个人拜伏在地,失声痛哭。

回忆——在泪水中浮现,当初自己拼了命地踏上这条未卜之路,只为寻求佛法的真谛。这一路西行,沙漠困境、雪山遇险、毒虫异兽、强盗劫难,他都一一经历过,心底的信念一直支撑着他顽强而无畏地对抗着这一切。可是那种濒死的感觉、失去同伴的感觉、面对未知的恐惧都一一在玄奘柔软的内心刻下了痕迹。

他还记得刚出发时候何宏达说:"小和尚,你的志向很伟大啊。"他还记得刚认识常生安的时候,他以为自己是一只沙猴举剑劈过来的样子。他还记得在雪山之上随行的小沙弥惊恐的模样。他还记得高昌王挽留自己流泪的样子。

可是啊,这些人都在西行道路上走散了,那些人或者事铸成一把坚固的扶梯,把他送到了这里。可是除却他看见了各种佛像佛迹之外,他还看见了如今佛法式微,修习大乘佛教的人少之又少,外道横行,佛教与外道之间辩论的残酷。

玄奘从未像这样袒露过自己内心的感情,他的信念不允许,他的修行不允许,他的地位不允许,可是此刻他什么都不顾了。

他要把那些从前积攒下来的眼泪都流出来，关于伤感，关于痛苦，关于迷茫。

玄奘的眼泪落到菩提树根下，哭声震动了菩提树叶，菩提树此刻仿佛也了解玄奘的心意，随风摇曳。菩提树原本就是诸僧礼拜的圣地，在菩提树周围礼拜的僧侣们被玄奘的哭声所惊扰，这哭声勾起了他们对于目前佛教式微的感伤，竟都呜咽了起来，哭声从菩提树下传到了天空之上，仿若一团忧伤的浓雾，久久不散。

在那烂陀寺，距离戒贤法师上一次清晰地梦见那东方而来的僧人已经过去了四年的时间。自从四年前他第一次梦见那位目光炽热的东方僧人以来，这件事就成为他一直放在心尖的大事。他的身体状况已经不允许他进行稍微长一点儿的路途，他如今能做的只是等待。

立秋后第一场秋雨下了一整夜，地面的寒气被激起，清晨的露水变得更加深重，而戒贤法师的腿脚也更疼了。在那场秋雨之后，他在靠近东方的两棵芭蕉树之间看见了一抹微小的祥云，祥云像是一人躬着身，云呈五彩，躬身的方向正好是那烂陀寺。

戒贤法师知道，那位东方僧人马上就要来了。

从玄奘踏上摩揭陀国的土地开始，他到来的消息就传遍了整个摩揭陀国，那烂陀寺所有的僧人也都知道了这位东方的僧人，但是他们对于玄奘并未有太多的关注，每日前来那烂陀寺求学的僧人成百上千，唯一期待并等待玄奘到来的就是那烂陀寺的寺主戒贤法师。戒贤法师已经派了自己的弟子觉贤亲自去迎接玄奘。

觉贤第一次见到玄奘的时候，玄奘正在菩提树下哭得几近晕厥，觉贤法师一直站在玄奘身旁，陪他从傍晚哭到了黑夜，直到玄奘力竭瘫软在地后，觉贤连同其他几位僧人把玄奘抬回了精舍，玄奘如此的哭泣让觉贤有些怀疑这位柔弱的僧人是如何跨越千里来到这里的，觉贤并不知道那是玄奘从踏上路途四年来唯一一次卸下枷锁，如此哭泣。

翌日，当觉贤再看见玄奘的时候，他发现这位僧人虽然清瘦而憔悴，但是他的面容看不出一丝软弱与畏惧，眼神里满满都是坚毅。觉贤走到玄奘面前，双手合十道："沙门是来自那烂陀寺的觉贤，特来迎接法师入那烂陀寺。"

玄奘望着眼前这位神韵清峻、须眉皆白的老僧，目光中满是诧异与惊喜，他所想的那烂陀寺终于就在眼前了。玄奘在觉贤的引导下，走过树木茂盛的山谷，又走过曲折而幽静的山间小道，景色豁然开朗，玄奘终于看到了那座日思夜想的寺院，寺院被包裹在一片密林之中，一道斑驳的红色墙体在浓绿的枝叶之间若隐若现。越是接近那烂陀寺，欢迎玄奘的队伍越是浩大，起先只有几人，而后发展到十几人、几百人。这些僧人在路旁撒花，不断用歌声赞美着玄奘，浩浩荡荡的欢迎队伍延续了八九里路。

玄奘真正走入那烂陀寺，才发现这是他平生见过的最为宏大的寺庙，这那烂陀寺不是单独的一座寺庙，而是一组寺庙组成的寺庙群落。在漫长的岁月里，先后有六代帝王在此营建寺院，才建成了八座大院和三座藏经楼，成为全印度规模最为宏大的寺院群。玄奘一边被那烂陀寺的宏大所震撼，一边又被欢迎人群的热情所感动，在觉贤法师的引导下，玄奘来到了那烂陀寺院中的广场上，威严的寺中执事走上前，向玄奘散花礼敬，并亲自击响犍椎宣告道："玄奘法师住寺，寺中一切僧众所用法物道具及常住物，玄奘法师与大家一样共同使用。"

寺中执事的宣告声一落，玄奘便知道自己已正式成为那烂陀寺的一员，可以平等享受寺内僧人的一切待遇了。

在庄严的梵唱声中，二十名戒行精严、威仪整肃的青年僧人走了过来，向玄奘双手合十行礼，玄奘也向这些同修恭敬回礼。

站在最前面的僧人朗声说道："正法藏得知法师今日到来，很是欢喜，希望能立刻见到法师，请法师随我们来。"

正法藏即那烂陀寺最受景仰的戒贤法师，也就是那烂陀寺的寺主。大众由于尊重，不敢直呼其名，就号为"正法藏"。当初在长安时，波颇大师引玄奘前往摩揭陀国就是为了见到戒贤法师，聆听他传授《瑜伽师地论》。玄奘听到僧人如此说，顿时心中无限感慨，随着僧人们往前走去。

那是一条铺满金黄色石砖的甬道，玄奘走在前，二十名僧人跟在身后，甬道所有的光线都从玄奘面前涌来，在眼睛稍微适应光线之后，在甬道尽头他看见了戒贤法师，那位曾经让玄奘日思夜想的大师端坐于法座之上，他身材消瘦，一对白眉如长虹一般悬于一双精目之上,他身着的白色法衣,在日光中发出柔和的光芒。玄奘停顿了一下,他慢慢握紧了手,仿佛从出发开始的所有力气与信念都被他慢慢握在了手中,他深呼一口气,缓步上前。

在接近戒贤法师前,玄奘按照印度拜见法师的大礼,膝行肘步、鸣足顶礼、问候赞叹,遵行弟子礼节完毕,戒贤法师令人广设床座,让玄奘及众僧就座。

坐下后,戒贤法师慈目观望玄奘,这位从东方来的僧人与他梦中所见的僧人一般,只是面容更加消瘦些,想必这一路所遇艰险不少。戒贤法师问道:"玄奘法师从东方出发多久才到这里?"

玄奘合掌恭敬地回答:"从大唐国出发已经四年,想跟从大师学习《瑜伽师地论》。"戒贤听到后,想起自己第一次梦见这位僧人也是四年前,一时泪水难抑,他紧紧闭上眼睛,时年已经一百零六岁的戒贤法师,身体承受不住如此的激动,他的双手轻轻颤抖着。对于戒贤法师来说,玄奘的到来是他此生最后的开示,也是最后的解脱,若不是菩萨的开示让他在此等候玄奘,早在四年前他就无法忍受色身的病痛,选择绝食舍身入灭了。色身的病痛是上一世的果报,玄奘的到来让戒贤看见了果报的结束,更重要的是他看见了菩萨所开示的那样,佛法未来光荣的模样。

玄奘不明戒贤法师的激动,满怀敬畏地看着戒贤法师,戒贤法师缓缓睁开眼,沙哑着声音对玄奘说道:"我终于等到你了。"

夜色浓重如墨海,玄奘躺在那烂陀寺精舍的睡床上感觉自身置于一片温柔的海洋之中,潮水轻柔地摇晃着他,他已经太久没有体会到这种感觉了,仿佛又回归到了婴儿时期在温暖的母体内。

玄奘在那烂陀寺受到了极为尊贵的待遇,仅仅是每日的供养就有瞻步罗果一百二十枚,槟榔子二十颗,豆蔻二十颗,龙脑香一两,供大人米一升。所谓大人米是摩揭陀国特有的大米,其米大于乌豆,味美香鲜,仅供养国王和多闻大德食用。此外油三升,酥乳更是无限量供应。还特给玄奘配净人一人,婆罗门一人以供差遣。在免除一切僧务之外,出门还可以骑乘象舆。住宿更是在那烂陀寺最为尊贵的幼日王院。

虽然玄奘在那烂陀寺生活极其优渥,但是他根本没有时间来享受这些,他对知识的饥渴几乎让他废寝忘食。那烂陀寺有三座宝阁,这三座宝阁可算是婆娑世界佛教典籍最集中的地方了,其中收藏着般若、中观、瑜伽、唯识学等大乘经典。可以说这三座宝阁就像是黑夜中的灯塔一样吸引着玄奘。

玄奘到达那烂陀寺后,除了吃饭睡觉基本都在这里,连守经人都已经认识了玄奘。玄奘是每天晚上在三座宝阁中待到最晚的僧人,玄奘每夜点着的蜡烛都会吸引阁楼里的小猫,这些猫儿原本就是那烂陀寺的常客,因为它们的存在,这些经书才得以免去老鼠的啃食。那些小猫经常会在玄奘读经的时候卧在玄奘的腿上,猫儿时不时的哈欠声与玄奘翻阅经书的声响,在静谧的夜里互相陪伴着。

玄奘所读经书越多,越觉自己的无知。每天夜里晚归的时候,都会经过戒贤的院落,他都会在那里停留一会儿。戒贤法师所在的院落有一棵香蕉树，香蕉树上结了几把青色的香蕉，而这些香蕉成为吸引玄奘所乘大象的美食，玄奘注视着戒贤法师屋里的灯光，他无比期望戒贤法师的身体能够好转。

在玄奘到达那烂陀寺的第十日。那烂陀寺寺主戒贤大师，在多年的沉寂之后，决定为一位来自东方的学生亲自授课。

消息传出，万众瞩目。

在戒贤大师开课的那一天，那烂陀寺法鼓齐鸣，钟声响彻云霄，上万僧俗云集于大讲堂前，场面空前壮观。

戒贤大师所讲为玄奘期待已久的《瑜伽师地论》，此论共有四万颂，戒贤大师凭借记忆念出每一颂，在每一颂之后问来听者是否有疑，若是有疑便停下来解释。这四万颂光是念诵出来就要花去许多时间，还不加上释义的时间。戒贤大师为玄奘讲释《瑜伽师地论》三遍，共用了十五个月。

在摩揭陀国，四季的变化并不明显，玄奘只是觉得一树几度花开花落，戒贤大师的《瑜伽师地论》便讲授完了。

那烂陀寺的名声不仅仅源于它的建筑规模之大，藏书之多，人才之精，更主要是寺内以大乘中观、瑜伽行派为主，兼讲十八部派学说，后来又添吠陀、五明、天文、术数等学科；再后来，各种门类的学科如哲学、逻辑学、语言学、医学等，也都在僧侣们的研习之列。哪怕是裸身、涂灰等外道，都可在此找到一席之地。那烂陀寺以海纳百川的姿态容纳了所有乐意讲学、乐意学习的人。

在那烂陀寺每日设坛讲座的就有数十场，对于勤勉好学的玄奘来说是如鱼得水，玄奘在那烂陀寺一住就是五年，这五年内除了学习《瑜伽师地论》外，还学习并精通了《阿毗达摩顺正理论》《显扬圣教论》《对法论》。除了佛学诸书外，玄奘还兼学了印度梵书和婆罗门书。

那烂陀寺有十大德制度，寺中僧俗凡能通解经论五十部以上者，均可得到"三藏法师"的称号，名望最高的十位入选十大德。虽然寺中人才济济，但是真正能通解五十部者少之又少，这些年，寺中通解二十部经论者达到一千余人，通解三十部的也有五百多人，但是能通解五十部的大德却不过区区九人。十大德一直缺席一位，虽遗憾，但是那烂陀寺因为制度的严明，也没有随便拉一位来凑数。

在玄奘到达那烂陀寺的第二年，戒贤法师为了考察玄奘的学习成果，举行了盛大的考察仪式，那烂陀寺所有僧俗大众都前来围观，玄奘不仅仅要应对戒贤法师的发问，更要应对那烂陀寺其余在位的十大德们的发问。这些那烂陀寺顶尖的高僧对玄奘的考察一共持续了三日，这三日内，玄奘有问皆能答出。玄奘渊博的学识得到了全寺上下的认可，众人都明白玄奘早已通解五十部经书或者更多的经书。戒贤法师在考察仪式后当即宣布，玄奘位列十大德之一。

玄奘在那烂陀寺的第五年，在戒贤大师的建议下，玄奘在那烂陀寺开坛讲经,十大德亲自讲经是极为难得的,况且玄奘还是十大德中最为年轻的一位。玄奘讲经一共持续了十个月,场场僧俗满座。玄奘最后一场讲经是摩揭陀国步入冬季后,热带的气候让冬季的变化并不明显,只是各色的花少了许多。玄奘一直专心于讲经,直到讲经结束后他才发现原来戒贤大师也来听他讲经了。

所有的僧俗大众散去后,玄奘从讲经台上下来,恭敬走到戒贤大师身边,戒贤大师夸赞玄奘道:"法师的经文造诣已可,现如今整个那烂陀寺比法师更精通的人已经没有几个了,宝阁中的经书你看了多少?"

玄奘恭敬地回答:"弟子未曾数过读了多少,宝彩、宝海中的经书大多已经看完,但未算得上精通,如今只剩下宝洋中还未依次阅读。"

戒贤大师满意地点点头说道:"法师如今困于案牍之中,不如学仿世尊,游历南方诸国,一可感当初世尊传道之心,二可了解诸国各道。"

玄奘亦觉得戒贤大师所言有理,行礼表谢。

从摩揭陀国出来向南不远,在抵达伊烂拏钵伐多国前,有一座立于孤山之上的精舍,孤山峰峦高峻,林木青翠,其中的精舍供奉着观自在菩萨旃檀圣像,因为灵应事迹很多,所以常常有信徒到这里焚香祈祷。玄奘听到路过寺院的小沙弥提及这座孤山精舍,所以打算拜访。

前往孤山精舍原本没有路，信众来来往往，在密林中开出了一条山道来，山道可过三人同行，玄奘登山时同行的僧俗信众很多，窄窄的山道上基本隔几步便能瞧见三两结伴的人。因为大家基本都是结伴同行，玄奘一人形单影只便显得有些瞩目。玄奘自己倒是不觉孤单，山中空气清新，鸟啾悦耳，山道并不陡峭，一路上倒也是心中惬意。在山道半中央的位置，有一巨石，石面平整，许多欲去孤山精舍祈祷的人，因为体力有限都在这里休息。玄奘在巨石短暂休息后，继续赶路时身边忽然有一蓝衣小儿跟着，小儿不过十五六岁的少年模样，衣着样貌应该是位婆罗门。蓝衣小儿起先是与玄奘先后差了两步上山，而后又与玄奘并肩同行，玄奘便转头好奇地看着这蓝衣小儿。

蓝衣小儿一见玄奘转头，便冲着玄奘笑了起来，黝黑的面容漏出几颗洁白的牙齿，他笑得纯真，说道："我见法师面容尊贵，定是大德，与法师同去精舍向观自在菩萨祈愿定能如愿，希望法师不要嫌弃我。"蓝衣小儿说完这话，又从背包里掏出几个果子恭敬地递给玄奘。

玄奘见这小儿如此诚挚，便答应与他共同上山前往精舍。到达精舍还需再爬半座山，时间尚早，玄奘便问这蓝衣小儿有何愿望，蓝衣小儿一听玄奘如此发问，脸忽然红了，低着头回道："到了婚配的年纪，家中长辈给许配了一个样貌丑陋的妻子，还未婚配，想让菩萨把这婚配取消了。"

玄奘听到这，眼中带笑看着这蓝衣小儿，蓝衣小儿怕玄奘不信,一手顶着鼻头,一手扯着眼睛,做出个猪鼻窄眼的怪样子来。玄奘看见他这样,哈哈笑起来。蓝衣小儿放下手生气道:"法师,你瞧这就是我未来妻子的模样。"

玄奘见蓝衣小儿如此气愤,心有不忍说道:"这婚配之事理应向伽摩(印度爱欲之神)祈愿,观自在菩萨可是管不了这些。"

蓝衣小儿听到玄奘如此说,耷拉下双手,眼神失望。玄奘又安慰道:"若是祈愿成佛,便能抵极乐世界,期间种种事物皆为妙好。"

蓝衣小儿像是忽又抓到了一丝希望,改口道:"那我便祈愿能成佛。"

在孤山精舍中的观自在菩萨圣像,因为前来求愿的人太多,恐怕污损了圣像,于是便在圣像周围七步外竖起栏杆,来礼拜的人只许在栏外,不准靠近圣像。如果要供养菩萨鲜花,只能遥遥掷散,如果幸运花鬘飘落菩萨手臂上,那就是吉祥如愿的佳兆。在圣像前很多人都自己带来花鬘,站在圣像前许愿然后掷出花鬘,可是大部分花鬘都散落在圣像脚下,真正落到菩萨手臂上的花鬘寥寥无几。

玄奘原本只是想来礼拜圣像没有准备花鬘,蓝衣小儿拉着玄奘站到圣像前,蓝衣小儿面露胆怯不敢上前祈愿,从包袱里取出一大把的花鬘来,按照惯例,一个祈愿抛掷一串花鬘,小儿却拿了一大把,他把花鬘递给玄奘说:"法师不如先行祈愿,我也可以先沾沾法师的荣光。"

玄奘从小儿手中拿了三串花鬘,捧到圣像前,至诚礼拜后,双手合十许下了第一个愿望:学成后能平安归国,希望花落菩萨手。一个愿望祈完，玄奘便把花鬘掷了出去，花鬘在空中划出一道弧线后，稳稳地落在了菩萨手中。周围观看的信众们无一不发出惊叹声。随后玄奘又许下第二个愿望：希望此生所修福慧能前往天宫，亲事菩萨左右，若能如愿，则花挂圣像双臂。这一次掷出的花鬘从圣像头顶滑落，滑到圣像手臂之上刚好停住。众人见此，更是惊呼不断。玄奘拿起最后一串花鬘继续许愿：众生皆有佛性，玄奘现在自疑是否有佛性？将来能否修行成佛？若是能则花鬘挂在菩萨头顶。祈愿完后，玄奘闭眼将花鬘掷出，花鬘被高高抛起，在空中稍停便落在了菩萨头顶。众人这次没有惊呼，往日一人若是有一个愿望能被应验已是稀奇，玄奘一连许了三个愿皆能应验，众人投来的目光除了赞叹更多是崇敬。

在诸多信众中有人去过那烂陀寺，便认出了玄奘，向玄奘施礼向众人宣告：法师是那烂陀寺的十大德，难怪有如此祥瑞之事。

众人听到如此，皆向玄奘顶礼庆贺："将来法师若成佛，请不要忘记今天的因缘，先来度我们。"尤其是随玄奘一同前来的蓝衣小儿，更是跪下来用手轻轻拉住玄奘的衣摆。玄奘慢慢把蓝衣小儿扶起来，沉默不语，躬身向众人行礼。众人见此，便又回礼。

玄奘从踏入佛门的那一刻就明白，自己虽然力薄但是一直怀揣着度化众生的心。如今，力量变强，更加坚定了他的初心。

前往南方并无准确的路标，全是依靠恒河，恒河从喜马拉雅山脉发源一路向南，在汇集诸多其他河流之后，奔流入海。玄奘一路沿着恒河向南，在进入摩揭陀国之前，路途艰险，所有的气力与毅力都是为了抵达，而这一路因为幸运有了很多同行人。路途如疾风之夜不可渡，行者如微弱火星围绕着玄奘，风吹散了火星唯独留下了如炬的玄奘。在南行的路上，玄奘是为了游历，不再为了抵达，心便如这恒河之风，随遇而安。

越是往南走，玄奘所见神奇生物越多，如原本被人驯服的大象，在密林之中数百头为一群，如人类部落一般有序而团结。在沼泽之地，有凶猛而木讷的鳄鱼，更有在密林之中穿梭的各种猴子。玄奘还见到如同大象一般大的独角犀牛。这些神奇的生物都让玄奘惊叹世间万物之奇妙。

印度南方许多地方都有着传奇的故事或是奇异的习俗，玄奘一路行，一路听闻故事与见识这些奇异的习俗。例如狮子国与西女国。相传南印度一位女子，嫁到邻国途中遇到狮子王，狮子王见女子貌美如花便把女子劫走，狮子王每日以鲜果和禽肉等供她饮食，并保护好女子。女子与狮子王日久生情便生下一男一女，外貌像人，但是性情却十分凶恶。等到男孩长大后，见父母不是一类便质问母亲为何不逃离。一日，趁狮子王外出，男孩便与母亲逃了出来回到母亲的国家。狮子王回到家中见不到妻子儿女，又气又急便下山，见人便扑咬，没人敢接近。山下王国的国王亲率兵马围射，狮子王一见更是气氛，怒吼之下国王的部队人仰马翻。国王只好悬赏射杀。返回母亲故乡的男孩与母亲无法立足，男孩便对母亲说，要去射杀狮子王。母亲劝住男孩说，狮子王虽不是人，但也是你的父亲，不可去。男孩不听母亲劝阻前去射杀狮子王，狮子王见到男孩后，驯服欢喜，男孩便用利刃刺死狮子王。狮子王爱子情深不忍动，直到气绝身亡。国王虽然感到高兴，但也疑惑如此凶猛的狮子王为何突然温驯，在调查缘由之后得知男孩原本是狮子王之子，国王一怒之下虽然秉持承诺给了男孩赏金，但是把男孩放逐于大海之上。后来放逐男孩的船漂流到一个岛上，不知经过了多少代的繁衍，人口渐渐增多，就册立君臣，定了国号。因为祖先有射杀狮子的事迹，故称为狮子国。

而西女国国中都是女子，没有男子。岛上有许多珍宝，每年邻国拂懔国都派男子上岛与女子延续后代。按照西女国的风俗，假如生下的是男孩，就送还给拂懔国，女孩子留下，久而久之，西女国就只剩下了女子。

玄奘这一路南行还见识到了许多佛迹，如三摩呾吒国中的青玉佛像，此佛像高八尺，相貌端严，常有自然妙香，飘满整个寺院中，闻者都能发起很强的向佛之心。僧伽罗国的王宫旁有一座佛牙精舍，精舍高数百尺，钵昙摩罗伽大宝放置在精舍顶端，光耀映空，在夜静无云之时，即使在万里之外也能看见。达罗毗荼国的王宫城侧还有一寺庙，其精舍中供奉慈氏菩萨旃檀像，高十余尺，发出祥瑞光芒多次。

玄奘除了开阔眼界之外，还结识了许多高僧大德，向之请教学习，精进学业。在驮那羯磔迦国，玄奘结识了苏部底与苏利耶法师，这两位法师善解大众部三藏。玄奘便向他们学习大众部《根本阿毗达摩》等论，两位法师也向玄奘学大乘诸论。

玄奘在外游历两年有余，在返回那烂陀寺前，玄奘做了一个梦。

梦境中，玄奘站在荒芜的大地之上，土地龟裂，不生一物，天空也呈现出一片灰色，玄奘一人独自在天地之间，身旁有一棵凋敝的枯树，树边还卧着一头水牛，水牛的眼睛泛红，不断地落着眼泪，泪水滴落到干涸的大地之中便瞬间消失。玄奘在梦中感到十分惊恐，徒步向前几步便看见了自己熟悉的那烂陀寺，只是这那烂陀寺不复往日的喧闹，变得异常阒静，一位僧人都看不见，佛塔、精舍、庙宇都蒙上了一层灰色。玄奘着急地在那烂陀寺寻找，想要探究那烂陀寺到底出了何变故，直到在自己居住的幼日王院的第四重阁上见到了一位金人，此金人周身发光，背对着玄奘。玄奘很是欢喜地跑到金人面前，在距离金人还有十步之遥的时候，阁楼之上的地板忽然裂开，在玄奘与金人之间裂开一道深不见底的深渊，玄奘大喊，引起金人的注意。

金人转身，玄奘才见这金人法相庄严，眉目紧缩。金人见到玄奘说："我是曼殊室利菩萨，你业缘未尽，现在还不能到这里来。"玄奘不解，顶礼请菩萨明示。金人用手指了指玄奘背后的窗户，让玄奘走过去看。

玄奘走到窗边，忽而天旋地转，万物改色，自身仿佛悬于空中，俯视那烂陀寺一切。铺天的火海从天际蔓延而来，先是焚烧了周边的村庄与庄稼，人畜惨叫之声回荡于空。火海渐次从四面向着玄奘所在烧来，玄奘眼见火海马上要烧入那烂陀寺，心中焦急万分，伸手想要扑灭这火，手从火中穿过如入虚空。这火越烧越烈，将那烂陀寺吞噬，寺内精舍佛塔在火中渐次崩落。

玄奘心痛万分，闭眼不再敢看，欲转身寻找菩萨身影，却不见菩萨，耳畔忽而传来菩萨的声音："你赶快回国，十年之后戒日王驾崩，印度将会引起一片慌乱，到时候强盗四起，烧杀掳掠，佛教没落，你千万不要忘记。"

玄奘听闻此言，马上从梦中惊醒。此刻已是深夜，这是在钵伐多国的陀罗檀萨寺的夜晚，玄奘起身站在窗边望向摩揭陀国的方向，深夜里月华如水，风吹叶动，一片祥和寂静之景。

第十章

正道的光芒

　　玄奘回到那烂陀寺的这一天，戒贤大师已经病了十日。他的痛风发作得更厉害了，所有关节都肿了起来，基本上已经卧床不起，整个那烂陀寺都在忧心戒贤大师的身体状况。

　　戒贤大师床榻前聚满了那烂陀寺的众多弟子，每个人的表情都极其凝重，觉贤法师见到玄奘，特意叮嘱玄奘不可与戒贤大师多说。玄奘来到戒贤大师榻前，深感自责，一定是戒贤大师给自己讲授《瑜伽师地论》耗费了太多精力，身体才会支撑不住。

　　戒贤大师靠在床上，他半睁着眼睛，多日的疼痛已经让他的双眸失去了光芒。玄奘简明扼要地汇报了自己这次游学的经历，戒贤大师沉默地听着，过了半晌，戒贤才艰难地回应："我已经没有什么可以教导你的了，但是求学之人不要把目光囿于一隅，除了佛光照耀的地方，还有更多地方也有着大德。修行的法门是极多的,若是还有机会与时间,一定要去拜访学习。"

玄奘静听教诲,没敢在戒贤大师那里多留,行了礼便退了出来。

在那烂陀寺修行的五年,玄奘已经对正统学派的佛学失去了兴致,如今他更需要一种新颖的思路来开拓自己的学识。

那烂陀寺是整个佛教学习的殿堂,吸引的是当时印度各国的僧俗大众,因此整个印度境内的所有消息都会在这里汇集,只要你乐于打听,总会得到想要的答案。当然,这些散布消息的人会适当收取一些酬劳。时间基本是那烂陀寺所有僧众做完晚课之后,地点就是在幼日王院前的空地。散布消息的有佛家弟子,还有外道弟子,这些人达成约定在空地上分排坐着,有需求的人便把问题一人挨着一人地问,基本都有所得。玄奘在那烂陀寺的五年只是听说过有这样的场合,从未参加过。在参谒完戒贤大师之后,玄奘准备了一个问题来到这里:除了那烂陀寺的大德之外,哪里还有声名在外的大德?

这个问题如果是旁人去问,可能会得到一大串的名单,但是玄奘已然是那烂陀寺的十大德之一,他去问,这个名单可能只有寥寥几人。

玄奘并没有问太多的人,便得到了他想要的答案,毕竟比那烂陀寺十大德还要厉害的大德必定声名在外。

这个人就是杖林山的居士胜军论师。

杖林山是印度境内的一座险山，山虽然不高但是地势险峻，山崖都是斧斫一般，以绝壁之姿拒人千里之外。峭壁上因为皆是坚硬的岩石，所以寸草不生，只有在山顶之上，平坦而肥沃的土地才滋养起一片茂盛的树木。

胜军已经一个人在这座山里住了好些年，当初他选择这座山隐居就是看上了这里的地势。依山势而图得清净，每日都能悠闲自在读书。在躲进杖林山之前，胜军的名声已经如日中天。胜军本来是苏剌佗国人，是刹帝利，从小聪颖好学，先在贤爱论师门下学习因明，又跟随安慧菩萨学声明、大小乘论，向戒贤论师学《瑜伽师地论》。在诸位名师的教导下，胜军不但精通佛法，世间一般的学问他也都通解，外道的四吠陀典，以及天文地理、医方术数，没有一样不擅长。胜军不仅学识广博，道德风范更是难得，当时摩揭陀国的国王仰慕他的德学，特意派大臣迎请，当场许诺他要封地二十大邑并立他为国师，胜军婉拒之，而后来的戒日王再加数倍的供养，以封地八十大邑要立他为国师，虽然再三恳请，胜军还是坚决推辞，他对戒日王说："接受别人的赏赐，就要为他分忧解劳。我现在连解脱生死缠缚都没有时间了，哪有时间可以为大王做事呢？"说完便行礼作揖离开，戒日王也不敢强留。

胜军论师虽然在杖林山隐居，但是时常到山下讲授佛法经论，讲席之下，常有几百人同时听讲。不过胜军论师的讲经说法时间不定，下雨不讲，刮风不讲，心情不好也不讲，所以前去听讲的人常常需要碰运气。玄奘抵达杖林山的时候，山下已等了一群人，大家都翘首以盼，焦急地望着杖林山，可是山顶之上除了青翠的树木之外并没有半个人影。有人见到玄奘来便说："法师可是来听胜军论师讲经的？我们已经在这等了半个月了，胜军论师一直没有下山来。"说完这人便挪了个位置，给玄奘让了个座，示意玄奘同他们一起在这等候胜军论师。

玄奘向那人行了礼，道了谢，径直越过那些等候的人向杖林山走去，众人无不惊讶地看着玄奘。有些人想要劝阻玄奘，这杖林山的山壁之陡峭，若不经过多日的训练，不拥有一副健壮的体格，是根本攀爬不上去的，有些人壮着胆子尝试过，大多是铩羽而归，还有人从上面跌落摔伤了筋骨。玄奘走到山壁前，卷起衣裤，双手用力顺着山壁凸出来的石头攀了起来。从长安到印度，一路上不知道爬过多少山了，杖林山的险峻与路途中那些山峰的险峻一比简直就不值得一提。众人看着玄奘宛如灵巧的猴子一样，在山崖上行进，无不赞叹。

杖林山中有一处温泉，藏在密林之中，那是山中野猴爱去的地方，也是胜军论师最爱去的地方。当玄奘攀上杖林山的时候，胜军论师刚刚从温泉洗浴归来，往日这杖林山中只有他一人，当他看见玄奘的时候，惊讶地赶紧把自己原本宽松的衣服束紧。玄奘远远看见有一人气宇轩昂地走来，走近了一看，这人面容沉俊，眼神深邃，体态俊朗，想必就是胜军论师。玄奘双手合十作揖行礼道："我是来自大唐国的玄奘，特来向胜军论师求学。"

胜军论师看玄奘如此谦逊，往前一步也回了礼："我这杖林山中鲜有人来，你是第一个不辞攀山之苦而来的人，如此厚重的诚意，我定当全力相授。"

胜军论师在杖林山的住所不过是一间狭小的茅屋，而玄奘的求学精神不是山下那些普通弟子所能比的，这一教授必然要用去很多时间，所以胜军在教授玄奘之前先提了一个要求——帮他再盖一间茅屋。这对于玄奘而言，也算是第一份拜师礼。杖林山中树木繁多，取材容易，加上胜军论师的帮助，两人合力很快便盖好了一间茅屋。玄奘前来印度求学，所拜老师，如戒贤大师因为高龄，未能体会真正的师徒情谊，如今与胜军论师求学，同住同课，师徒情谊日渐深厚。

玄奘在杖林山一住便是两年，这期间跟随胜军论师学习了《唯识抉择论》《意义理论》《十二因缘论》等，还请教了关于《瑜伽师地论》、因明学等疑问。

在玄奘即将完成所有学业的时候，胜军论师特意摆了一桌宴席，说是宴席不过是比起平时两人的斋饭丰盛了些，还是师徒二人一同就餐。玄奘在那烂陀寺享受的是尊贵的供养，到了胜军论师这里不过都是粗茶淡饭，但是玄奘却感觉比在那烂陀寺还要愉悦。

两人都是守戒之人，为了衬托气氛，胜军论师泡了一壶奶茶，还特意在奶茶中加入豆蔻来提升香味。食不语，在用完餐后，胜军论师对玄奘说："如今我已经没有什么可以教导法师的了，法师若是愿意留在杖林山便可与我一同讲经了。不知法师有何打算？"

玄奘沉思良久，把当初在回到那烂陀寺之前的梦境告诉了胜军论师，胜军论师感叹道："三界原本就是无常的，也许将来梦境会成为现实，菩萨既然开示这样的预兆，不如就听从自己的内心吧。"

玄奘叹道："弟子到印度已经快要十年了，其间遍历诸国，学诸法，解疑惑，更重要的是已经明了当初关于佛义的矛盾。弟子想要归国，把佛国的诸法带回国，以解大唐国内的佛法混乱。"

胜军论师看着玄奘，玄奘的眉头紧锁一副忧心的模样，胜军论师说："来时难，去亦难，你所忧心的事情我想一定会有机缘解决的。"

玄奘所忧心的事情很多，比如戒贤大师的身体、自己无法回报那烂陀寺的恩，以及回去的路途一定与来时一样艰难，又该如何运回去这么多的经书。

胜军论师起身拍了拍玄奘的肩膀说："一切都有自己的造化，走，我们去泡个温泉，然后出去散散心。"

胜军论师望了一眼天，此时已然是夜里，月圆如盘，银光泻了一地，胜军论师说："马上要到正月了，该是瞻礼世尊佛舍利修福的时候了。"

世尊的佛舍利是藏在菩提寺的，对于菩提寺来说，是整座寺庙的至宝，只有在正月初一的弥勒佛圣诞，菩提寺才会请出世尊佛舍利供大众瞻礼，以增进此生福修。胜军论师之所以提议去瞻礼舍利,一是世尊佛舍利可增加福修,从杖林山出来正好散散心;二是据说这世尊舍利每个人所见都不一样,可照见人心,玄奘心有困惑,正好能得个结果。

菩提寺距离杖林山有两天的路程,象舆行走速度偏慢而且路过村落不便,两人便选择步行前往。越是接近菩提寺,同去的僧俗大众就越多,原本玄奘一人的出现就已经让这些人欢喜惊讶了,这次胜军与玄奘共同出现,这些僧俗大众更是欣喜。玄奘与胜军二人在前走,一大批僧俗大众隔着几步之遥紧随其后,一路拜会两位大德。

来到菩提寺后,等侍者们把世尊的佛舍利请出来后,原本期待如狂的僧俗大众便蜂拥而至,把放置佛舍利的大殿挤得水泄不通。大多数僧人原本还谦让着玄奘与胜军,见到佛舍利便顾不得那么多了。所有人都争先恐后,想要一睹世尊佛舍利。玄奘与胜军此刻也加入拥挤的人群,在一番争挤之后,玄奘与胜军好不容易挤到了前面,进入了供奉佛舍利的殿内,玄奘恭敬礼拜后,与胜军一同瞻仰佛舍利。先见骨舍利,骨舍利数个放在一起,皆是晶莹剔透,色白丰润,基本都如圆珠一般大。后见肉舍利,肉舍利则像是豌豆,红润如玛瑙。因为僧人众多,玄奘与胜军并没能仔细观看佛舍利,但是如此与众不同的世尊佛舍利给他们留下了深刻的印象。当夜,玄奘与胜军都对舍利的大小产生了疑惑,胜军说:"在其余的地方,我所见舍利都如米粒大小,今天看见世尊的佛舍利竟然能像豌豆或是圆珠那么大,真是神奇。"玄奘也附和道:"弟子也觉得神奇。"

胜军皱着眉头提议道:"不如我们再去看看,夜里人应该少了很多,我们能看得更仔细些。"说罢,两人便又结伴从精舍出发前往菩提寺。刚刚抵达供奉世尊佛舍利的殿内便看见舍利塔内有金光闪耀,两人又往前走了两步,舍利塔中忽而射出万丈光芒,映亮了整个殿内,为数不多的僧众与玄奘、胜军一起行五体投地大礼。舍利塔散出的光芒先是金色而后呈五彩斑斓状,殿内的火烛顿失光彩。众人行礼之时又嗅到空气中弥漫着一种特殊芳香,闻之令人神清气爽。

众人行礼完毕后,舍利塔的光芒不减,玄奘得以直视其中光芒,这光虽然明亮却不灼眼。在光芒之中,玄奘瞧见一人影形单影只,牵着一匹瘦弱的马在前行,这一幕让玄奘恍若雷击,这人像极了当初刚刚出发的自己。

玄奘双手合十,眼中含泪,又向着舍利塔行了礼。那一刻,玄奘已然知晓自己心中所想,佛法光大,是条苦路,以为的归途其实仍旧是新的出发。

摩揭陀国是戒日王所拥有的属国中的一个,但是因为该国拥有那烂陀寺,所以戒日王去往摩揭陀国的次数最多,而对于崇尚佛法的他来说,自然要给那烂陀寺最好的待遇。玄奘停留在杖林山的这两年,戒日王在那烂陀寺旁边花费巨资建造了一座高过十丈的鍮石精舍,这一精舍不仅雄伟壮观,所用工艺更是繁复精美,所有装饰用的石材都经过了精致的雕刻。还未竣工之时，所呈现的华丽就已经震撼诸国。戒日王在征讨恭御陀经过乌荼国时，该国所有的人都学小乘佛教，所以对于大乘佛教的那烂陀寺早有不满，那些小乘佛教的僧众便对戒日王说："听说大王在那烂陀寺旁建造了极为壮丽的精舍，为什么不建立在外道寺旁边，却非要建立在那烂陀寺旁呢？"戒日王问道："你们这是什么意思呢？"小乘佛教僧众回答："因为那烂陀寺是空华外道，与那些外道并没有什么不同。"

戒日王听到这些小乘佛教僧众如此说，便要他们拿出证据来。那些小乘佛教僧众倒也不慌不忙，从经阁之中拿出七百颂的《破大乘论》来给戒日王看。戒日王并没有时间去看，只是觉得此经着实厚重，小乘僧众指着这部《破大乘论》义正词严地说道："这是我们教派的论据，难道大乘派的学者们能够驳倒其中一个字吗？"戒日王对于大乘学派一直都是笃信而尊重的，听到这些小乘学派的僧人如此说，便说："我听说狐狸穿行于鼷鼠之中，自吹比狮子还要凶猛，可是真的见到狮子就会吓得魂飞魄散。想必各位法师还没见过大乘的高僧，所以固守愚陋的宗派。倘若一旦见到，就会像是狐狸见到狮子那样。"小乘学派的僧众都不服气，提出要求："大王既然不信，何不召集两派辩论，当面决定谁更厉害呢？"戒日王当场承诺下来："那有什么难办的？"

戒日王的信是经由专使送往那烂陀寺的，专使一路快马加鞭，马蹄的声响在梵乐声笼罩的那烂陀寺显得格外刺耳。通向戒贤大师所在的幼日王院只有一条石板路，专使的马不仅惊扰了梵乐声，更是吓到了在这条路上的僧人。专使的衣服上绣有戒日王特殊的标志，等到马消失在僧人的视野中后，僧人们都在议论："是什么要紧的事情让戒日王如此着急呢？"

第二日，戒日王专使的来意让整个那烂陀寺都陷入了决战前的紧张中——那烂陀寺收到了来自小乘学派的挑战。

戒贤大师收到戒日王的信后，让弟子觉贤敲响了寺中央的那口大钟，钟一共响了三声。对于那烂陀寺来说，只有遇到紧急情况这口钟才会响三声。这三声钟鸣让那烂陀寺所有僧众都怀揣着飘忽的心来到了幼日王院内，所有僧人都盯着正在大殿前的戒贤大师。戒贤大师面容严肃，等到负责召集僧人的主事僧报告所有的僧人都到位了后，戒贤大师用苍老而凌厉的声音宣布："戒日王要召集我们与乌荼国的小乘学派进行辩论，那些小乘学派通过戒日王向我们发出了挑战，对于那烂陀寺而言，这是一次事关名誉与学派正确性的辩论！"戒贤大师深吸一口气停顿了一下继续说道，"现在召集全院僧众就是要选出前来迎战的弟子。"

戒贤大师话音一落，底下的僧众就聒噪了起来，每个人口中都有一个名字，这些名字虽然嘈杂而繁多，但是基本上都是那烂陀寺十大德的名字。因为只有他们出战，才能稳稳保住那烂陀寺的声誉。

通过整理，主事僧把全寺僧众所提议的名字念了出来，若是同意则举手,占数多者选为代表。最后通过全寺的僧众评议抉择,选出海慧、智光、师子光三人。

当夜,戒贤大师召集这选出的三人前来商议对策。在戒贤大师的住所内,戒贤大师与这三人都陷入了长久的沉默之中,这种沉默让在场的人都觉得可怕,仿佛呼吸重一些都会是错误。而沉默的来源就是选出的这三个人都没有足够的把握去迎战小乘学派的挑战。最后是戒贤大师的长叹声打破了沉默。

在长叹声之后,海慧忽然兴奋地说道:"师尊,我们还漏了一人!"

戒贤大师抬起头看着海慧,两人眼神接触的一瞬间,戒贤大师的眼睛里闪过一丝光,他想起来是谁了——是还未归寺的玄奘。

乌荼国小乘佛教向那烂陀寺挑战的事情很快在整个印度佛教界传开,无论是大乘学派还是小乘学派,或是其余外道都在期待这一场辩论,那烂陀寺的大乘学派在印度境内已经享有至高无上的荣誉太久了,小乘学派及外道们早已不满在心了,他们都在期待这次辩论能撬开那烂陀寺坚硬的外壳,露出充满破绽与柔软的腹部。

玄奘从菩提寺出来后,不久便得知了那烂陀寺遇到挑战的事情,他匆忙与胜军论师告别,连夜赶回了那烂陀寺。

戒贤大师,海慧、智光、师子光三位法师都在等着玄奘。玄奘风尘仆仆赶到那烂陀寺见到四人后,除了戒贤大师,其余三人都面露喜色。他们都在等待玄奘承担起这个重任,玄奘也没有辜负他们的期待,沉稳地说道:"小乘学派诸部三藏,我在大唐国以及如迦湿弥罗国就曾学过,对此非常了解,小乘学派的教旨绝不可能破大乘,玄奘虽然学浅智微,但还是有信心应对。诸位大德不必忧虑,假如说真的输了,则由我这个大唐僧人负责,与你们无关,更与那烂陀寺无关。"

岁月的流逝与名声的累积不仅仅让人变得衰老,更让曾经如火一样的雄心长出了一层坚硬的外壳,虽然如此便可云淡风轻,宠辱不惊,但却不敢再往前迈一步。那烂陀寺的诸位大德看着眼前已经步入中年的玄奘,比起他们而言还是年轻的,虽然如今的玄奘眼角已然有了皱纹,曾经面容俊秀的他更多了岁月的沉淀,但是他们都知道岁月与名望没有掩盖住玄奘的心,他的赤子之心早已把岁月的积累化成属于自己的利剑。

戒日王因为征战而陷入苦战中,不得抽身,所以又派了专使前来那烂陀寺送信:与小乘学派的辩论暂缓。那烂陀寺的僧众却没有因此松一口气,自从乌荼国的小乘学派向那烂陀寺挑战以来,所有曾经试图挑战那烂陀寺的外道们都蠢蠢欲动。

顺世外道的婆罗门敲响了那烂陀寺的大门,这位外道写了四十条大义,用宽达两丈的黄纸悬挂在那烂陀寺门口,并大喊着:"如果有人能驳倒其中一条,我当以头谢罪。"曾经车水马龙的那烂陀寺的门口,在外道的干扰下冷清了很多,而一直打开的大门也被僧众关闭。顺世外道见此更加猖狂,叫嚣道:"那烂陀寺的高僧大德们都是些胆小鼠类,他们的学说也都是虚样子。"

那烂陀寺的大德们之所以关闭了大门，是为了商讨出更适宜的策略。如今的那烂陀寺盛名在外，应对每一场挑战都如履薄冰，一旦失足，损失的惨重不是他们能承受的。大德师子光想要出战，但是被戒贤大师劝住了，这些年的佛学精研，让这些大德只关注于大乘学派的精妙而忽略了诸多外道的学识，他们只是听说过顺世外道的经义，但是要达到了解还远远不够。

他们又一次想到了玄奘，但是玄奘正在准备应对小乘学派的挑战，他们不敢打扰玄奘。而玄奘虽然了解小乘学派的诸部三藏，但是听闻这小乘学派拿出了七百颂的《破大乘论》，这部经书是他没有读过的。玄奘正在苦恼时，原本喧闹的那烂陀寺忽然陷入了沉寂，这让玄奘觉得奇怪，当他从宝阁中走出来的时候，玄奘看见往日敞开的大门也被关上了，更觉不对劲。

他走到门口，打开大门向外走去。一出门就看见顺世外道在黄纸上写的四十条大义，顺世外道的婆罗门斜躺在门口，眯着眼望着那烂陀寺的大门。此婆罗门见有人走出来，马上站起来，摇摆着双手昂着头走过去。玄奘却没有看他，只盯着这写着外道四十条大义的黄纸看，越看越是生气，把黄纸扯下来撕碎。婆罗门顿失得意色，气得跑了起来，他跑到玄奘身边，跺着脚大声质问："来者何人，竟然敢撕掉我写的天道大义，不怕遭天谴吗？！"

玄奘转过身，怒目相视，中气十足地答道："我是摩诃耶那提婆（意为大乘天）的侍者！"

顺世外道的婆罗门一听玄奘报上名来，就知道这是那烂陀寺派人来迎战了,他搓了搓手又问:"你可是与我来辩论的吗?"

玄奘回道:"不是辩论,是教导你什么是正道!"

言毕,玄奘转身回到那烂陀寺,顺世外道也跟着进来。众僧见到前几日在门口叫嚣的外道随着玄奘进入那烂陀寺,赶忙去禀报戒贤大师。在那烂陀寺的辩经场,等到戒贤大师与那烂陀寺诸位大德赶到的时候,玄奘与顺世外道已经分立两边,随时准备辩论了。

顺世派认为,世界的基础是物质,一切有情皆由地、水、火、风四大和合而生,死后一切归无,灵魂也不存在。因此他们主张随顺世俗,倡导快乐主义。在他们看来,佛家的戒律完全就是自讨苦吃,一切的意识来源都产生于身体感觉的体验,其余都是虚无的。

戒贤大师与那烂陀寺诸位大德在作证席就位后,顺世外道站起来环顾四周道:"这场辩论,如果我输了,愿斩首相谢。"话音一落,顺世外道用手指着玄奘道:"如果你输了,也要斩首相谢。"

玄奘没有站起来,只是点了点头。周围观战的僧众无不对玄奘投来关心的眼神,他们都在担心那烂陀寺的这位大德就此陨落,可是玄奘从容淡定的模样又让他们觉得这种担心是多余的。

顺世外道刚刚坐下,玄奘就站起来,大声质问道:"那些涂炭的外道身体快乐吗?露出身体的外道身体快乐吗?苦行之人的身体快乐吗?涂满屎尿的外道身体快乐吗?"

玄奘一连四问,不从顺世外道的四十大义说起,而是另辟蹊径采取反问。这让顺世外道无从应答,顺世外道沉思片刻说:"身体都不快乐。"

玄奘又问:"这些都不快乐,那么如何顺世?顺世者如何立于世界?"

玄奘此问正是针对这顺世外道的外形发问,他满身污垢,浑身散发着恶臭,因为过分纵欲身体而极其消瘦。顺世外道在整场辩论刚刚开始就已经被玄奘牵着鼻子走,额头上沁出一层冷汗。

当然这些问题根本还没有涉及顺世外道的核心教义,玄奘只是需要这几个问题作为引子,在整体气势上占据优势。

玄奘深吸一口气,又问道:"你说人是物质的,人生或者死有什么区别?"

顺世外道笑着回答:"生就是身体是好的,死就是身体坏掉了。"

玄奘又问:"按照你的说法,你的意识来源你的身体,那也就是你的意识随时都在根据你的身体而变化,人死了意识就覆灭了,是吗?"

顺世外道充满自信地回答:"那当然是这样。"

玄奘看着顺世外道,眼神凌厉,又问:"那你可知,有一样东西在你的意识里从来没有变过?"

顺世外道一下子紧张起来,赶忙问道:"那是什么?"

玄奘说:"是什么让你与其他人区别开来?是什么让你感到快乐?"

顺世外道试探地问道:"是'我'?"

玄奘点点头肯定道:"准确地说,是我识。"

顺世外道恍然大悟,可是这一点点的纰漏不足以让他认输。

顺世外道站起身来反问玄奘:"你们大乘学派都坚信有来世,可是你曾见过死的人过来告诉我们来世是什么样子吗?"

玄奘反问道:"你是怎样得到这个结论的呢?"

顺世外道回答:"当然是根据我的经验啊。"

玄奘继续问道:"你的经验可靠吗?难道你看不见的东西都不存在吗?盲人看不见太阳,难道太阳就不存在吗?聋人听不见鸟叫,难道鸟就不会鸣叫了吗?"

这一连串发问让顺世外道哑口无言,想不出什么理由来辩驳。玄奘的辩论环环紧扣,逻辑清晰严密,自始至终一直掌握着主动,再加上他的知识广博,语言简洁有力。所有辩词如同行云流水一般,整个辩论场仿佛成为玄奘精彩表演的舞台。

顺世外道身上的汗水越来越多,他的心已经缩成一团,每一次的跳动都变得小心翼翼。可是他始终绷着一根弦,不能认输,他是怕死的,一旦认输就意味着死亡。在与玄奘的辩论中,他越想修补自己留下的漏洞,露出的破绽就越多,仿佛将自己置身于深海的旋涡之中,越是挣扎反而陷得越深。

玄奘最后的发问竟没有得到一丝回应,顺世外道低下头双手撑住地板,整个人已经害怕紧张到脱力。静默,整个辩论场陷入了静默之中,只能听见顺世外道粗重的喘息声。理屈词穷的顺世外道决定不再顽抗,他哑着声音说道:"我输了,大师,我愿依约斩首谢罪!"

话音一落,整个辩论场上发出了震耳的欢呼声与鼓掌声。

玄奘抬起头，戒贤大师极为欣慰与满意地点着头，所有那烂陀寺的僧众都围在他周围，那些人喜悦而激动，对于整个那烂陀寺而言，这一刻的喜悦与荣耀都是玄奘带来的。

这盛大的欢呼声对于顺世外道而言就像是催命的吼声，他承认自己输了之后，整个人就如同筛糠一样颤抖起来。玄奘一步步走近顺世外道，顺世外道惊恐地发出呜呜呜的悲鸣，玄奘试图扶起这顺世外道的手停了下来，他害怕自己的轻微举动会吓到此刻如惊弓之鸟的顺世外道。玄奘低着头对顺世外道说："佛门慈悲戒杀，我不要你的命。"

顺世外道听到玄奘这么说，身体不再颤抖，深吸了几口气，跪在地上说："感念大师不杀之恩，从此往后请允许我做您的仆役吧，供您使唤。"

解决了外道的挑战，对于那烂陀寺只是解决了一个小麻烦，还有一个更大的麻烦尚等着他们去解决——小乘学派的挑战。玄奘为了找到一丝关于《破大乘义》的信息，已经连续多日待在藏经宝阁中了。顺世外道自从成为玄奘的仆役之后，服侍玄奘尽心尽力，每日都守在玄奘身边。宝阁闷热，他便找来芭蕉扇子给玄奘扇风。玄奘多日在宝阁中一无所获，心中挫败感如潮水，他正在苦闷时，顺世外道一边给玄奘扇风一边问道："法师是为何事忧愁至此？"

玄奘便把小乘学派挑战的事情讲给顺世外道听，顺世外道一听恭敬地回答道:"奴仆曾经听讲过五遍《破大乘义》。"玄奘一听,喜出望外,抓着顺世外道的肩膀说:"那你快快给我讲讲此义。"顺世外道面露难色说道:"我是您的奴仆,怎么敢为您讲经呢?"玄奘安慰道:"这是小乘论著,我没有研究,你不必客气,但说无妨。"顺世外道便说:"既然您不嫌弃,那就等到半夜没有人的时候再说,否则让外人知道了,说您跟奴仆学法,会损坏您的声誉。"

于是连续几晚,宝阁之中都有一盏灯火亮着,顺世外道把《破大乘义》从头到尾详细地讲了一遍。玄奘听完后心中明了,马上着手根据论中有错误的地方,用大乘理论加以驳斥,连夜写出了一千六百颂的《破恶见论》。

这部《破恶见论》送到戒贤大师面前,戒贤大师阅读完毕后赞叹道:"小乘学派的辩论我看就没有必要了,如今有了这部经书,只要送到他们面前,他们便会认输。"

戒贤大师提议将这部经书送到乌荼国的小乘学派手中,这样一来这场他们期待的辩论便已输了,不用浪费任何口舌之辩。在戒日王归来前,那烂陀寺便已经将小乘学派击败,岂不是更能增加那烂陀寺的威望?

顺世外道自愿将这部经书送往乌荼国替玄奘分担车马之劳,在顺世外道出发前玄奘对他说:"你因为辩论失败沦为仆役已经够委屈了,现在我恢复你的自由之身,将经书送达之后,随便你想去哪里都可以。"顺世外道欢喜而感激,给玄奘行了大礼便出发了。

当夜，为了庆祝玄奘所取得的功德，在戒贤法师的授意下，他的弟子觉贤手捧着那烂陀寺最为豪华与尊贵的云锦真金八吉祥宝莲纹花缎袈裟供养给玄奘。觉贤来到玄奘的住所时，玄奘正在院内纳凉，在一棵菩提树下趺坐养神。见到觉贤来，玄奘欲起身迎接，觉贤赶忙摆手道："如今法师是那烂陀寺最尊贵的人了，不必起身。"

玄奘回道："弟子只是做了一些力所能及的事情罢了。"

觉贤笑道："我如今看法师，除了通透的佛性之外，还有一点其余的东西让我更加敬佩。"

玄奘好奇地问道："是什么？"

觉贤道："法师以经论为武，彻底震慑了那些来质疑大乘学派的人，我想用你们大唐国的话来说，应该就是一点儿侠气吧。"

玄奘听到觉贤这么说，情绪忽而有些感伤道："曾经弟子有一位友人，那才是真正的侠客啊。"

觉贤看着玄奘问道："那位友人如今在何处呢？"

玄奘坐着，伸出手指着天空中无数闪烁的星辰说道："想必那位友人已经御剑而飞，到了苍穹之上。"

玄奘说完，仰起头看着满天的星辰，忽而有一颗流星划过，他想，彼岸的生安兄又该许愿了吧。

第十一章

双王争霸

尼乾子是在昨夜的占星中得到要前往那烂陀寺的消息的,自东方而来的火流星划过天际,瞬间照亮了整个夜空,隐约之中还有雷鸣从苍穹之上传来,火流星拖着长且明亮的尾巴湮灭在西方,那个方向是那烂陀寺的方向。

作为印度境内最著名的占卜师,尼乾子的占卜向来从不听人令而遵循天命,他知道虽然宇宙之中的所有事情都早已注定,只有当宇宙展现给你的时候才能窥探一二,强行窥探不仅不得要义,更有损人间法则。

尼乾子在那烂陀寺见到玄奘的时候,他知道这位东方僧人就是他来到那烂陀寺的目的,玄奘时而紧锁的眉头表明这位僧人对于未来有着巨大的困惑。

玄奘早已知道尼乾子,在印度境内不仅仅是佛教学者享有盛名，只要是造诣颇深的修行者都能获得足够的声誉。还没等尼乾子发问，玄奘已经有了一肚子的问题要问问这位占卜者。玄奘自述道："我是大唐国僧人，来摩揭陀国求学，岁月已久，今欲归国，不知能否顺利到达？是留下来好，还是回去好？"

尼乾子听到玄奘的问题，从怀中拿出一把蓍草，在地上撒了一层白灰，然后将手中的蓍草抛向天空，蓍草在白灰上横竖不一地落下，尼乾子看着这些不规则陈列的蓍草，沉思片刻说道："法师您留在这里最好，五印度道俗各界没有不敬重您的。当然回国也能安然到达，并受到尊敬，不过还是不如这里好。"

玄奘听到尼乾子这么说，心中松了一口气又问道："我决心回国，要携请的经像很多，请问用什么方式运载比较安全呢？"这是玄奘归途最关心的问题，也是他犹豫的真正原因。

尼乾子回答道："这不用担心，戒日王与鸠摩罗王会派人护送，必可顺利载运回国。"

玄奘接着又问道："可是这两位国王我从未见过，又怎会施予我这样的恩惠呢？"尼乾子抬起头望向窗外说道："鸠摩罗王已经派人来请您了，两三天内就到那烂陀寺了，只要见到了鸠摩罗王，您就会见到戒日王了。"

顺世外道送《破恶见论》的路途并不太顺利，在抵达乌荼国前，他在过河的一座独木桥上摔了下来，所幸河水只是及腰的深度，没有沾湿所背的经书。因为所带经书过重，他在渡河之后的密林中又遇到一群强盗，因为所背经箧太过庞大引起了强盗的注意。强盗们把顺世外道围住，让他把经箧打开，强盗们一见是经书失去了兴趣，想要杀了顺世外道。正好这个时候鸠摩罗王正好带军在密林之中打猎，把顺世外道救了下来。

鸠摩罗王见到顺世外道所背经书十分好奇，便问他这是什么。

顺世外道恭敬地回答："这是玄奘大法师所写的《破恶见论》，是专门驳斥小乘学派的。"顺世外道回答完鸠摩罗王的问题后，又用尽赞美之词把玄奘道德学问的高深赞扬了一番。

鸠摩罗王早已听说过玄奘的名字，以为只是有一定名声的高僧。听到这顺世外道的赞扬后，对于玄奘是又好奇又敬佩，马上派遣使臣去那烂陀寺迎请玄奘。

玄奘越来越想念故乡了，他自长安出来已经十年了，时光在弹指一挥间就流逝了，只有回首之时才觉得漫长。自从听完尼乾子的占卜之后，这些日子玄奘常常夜里惊醒，他在梦中无数次看见长安的城墙，看见喧闹的百姓，闻见坊肆里传来的烧饼香气。每每梦到即将踏入长安城城门之时，他就会醒来。窗外的月将光投进来落在玄奘脚边，玄奘望着那月，忽而觉得长安的月亮是比此处要圆一些。

从那烂陀寺要带走的经书和佛像，玄奘都在亲手打包，亲自点数，随着打包的经书与佛像越来越多，所有人都知道玄奘法师是要准备回国了。首先是觉贤法师来到玄奘的住所，他看着已经在院子里小小一堆的经书,问玄奘:"可是幼日王院住得不舒服吗?"玄奘回答:"不是,那烂陀寺给予的条件已经极其优渥了,弟子只有感激。"觉贤明知此问多此一举,可还是期望玄奘收拾这些只是为了搬个地方去住,他明了玄奘这是真心要回国了。觉贤法师又说:"印度是佛陀降生的地方,虽然佛陀已经入灭,但是佛祖留下的佛迹还在啊,这么多佛迹恐怕一生也不能礼拜完,怎么想要回去呢?何况我听说唐国那边并不敬三宝,还有灭佛的举动呢,那里的人志愿短小,烦恼深重,加上地理险恶,气候寒冷,有什么值得法师怀念呢?"

玄奘微笑看着觉贤,双手合十,先行了一个礼表示感谢,然后说道:"世尊既立下教法,我们应该好好地弘扬,以报答世尊的恩德,怎么能只顾自身修行,而不管沉迷的众生呢?而且大唐虽然几经战乱,但那都是无处不在的无常啊,如今的大唐一切皆有法度可遵,君圣臣忠,父慈子孝,贵仁重义。"

觉贤法师再劝道:"如今戒贤大师年纪已大,法师在那烂陀寺的所为与所学都已经受到了整个那烂陀寺的尊重,而戒贤大师很想将那烂陀寺交到你的手中,到时候整个印度都会更尊崇你。"

玄奘一怔,他没有想到戒贤大师竟然有这样的想法,心中颇为感动。

觉贤法师接着劝道:"佛陀出生在印度,而不是东土,这是事实。修行要在福地,地既然无福,法师回去也是无益的。"

玄奘反问道:"无垢光菩萨说,太阳照临南赡部洲,是为了什么?"

觉贤法师回答:"为除黑暗!"

玄奘看着觉贤,眼神坚定地说道:"我现在回国,也是这样!"

觉贤见单独一人无法劝动玄奘,便又去找来海慧、智光、师子光三人一同去劝玄奘。可是玄奘归心已定,无论他们如何劝都没有用。几位大德便把玄奘想要回国的意图告诉了戒贤大师,希望戒贤大师能够留住玄奘。

戒贤大师在觉贤的搀扶下特意来到了玄奘的住所,玄奘一见戒贤大师前来,恭敬地迎请,戒贤大师落座后便问玄奘是如何决定的,玄奘恭敬而坚定地禀告道:"这里是佛陀降生的地方,弟子何尝不想长留久住?但是弟子这次西行的目的是取经求法,广利众生,承蒙师尊亲自教授《瑜伽师地论》,并且为弟子解释很多方面的疑惑,弟子由衷感激;加上朝礼佛迹,听闻了各部的深妙教义,此行对于弟子而言是生之重意,现在弟子学有所成,加上时不我待,弟子想把所学带回国,一来可使更多人蒙受法益,二来也谨以此表达对恩师的谢意。路途漫长,耗时极多,弟子不敢再停留。"

戒贤听到玄奘如此说,原本闭着的眼睛慢慢睁开,一双浑浊的眼睛满是欣慰与高兴。戒贤说道:"你这是发菩提心,契合诸佛菩萨的心意,也是我对你的期许,就尊重你的意思准备行装出发吧!"

那烂陀寺诸位大德高僧纷纷叹息,无不伤感地看着玄奘,玄奘跪下来朝着戒贤大师与诸位大德重重行了礼。众人都明了,兴许这一拜别便是永别了。

玄奘的行李收拾好后,就等着出发了,但是他的计划却被一封信打乱了。这正是东印度的鸠摩罗王派遣使臣迎请玄奘的信件。这封信首先是送到了戒贤大师的手中,戒贤大师早已知道玄奘决心归国,便给鸠摩罗王回了信:"玄奘法师已经决定回国了,来不及前往贵王处,请见谅!"

使臣的离开并没有带来预想中的安宁,鸠摩罗王在使臣回去后再一次派来了使臣,这一次使臣不仅仅带来了信,还带来了十余箱的金子、锦缎、珍珠、玛瑙等宝物。但是戒贤大师根本没有让使臣把这些供养抬进那烂陀寺,就又回绝了鸠摩罗王。

鸠摩罗王的使臣走后,普通百姓都在议论,怕是只有那烂陀寺敢如此回绝鸠摩罗王了,这位鸠摩罗王可是在东印度最大的王,是与威武贤明的戒日王齐名的伟大的王。

没过几日,鸠摩罗王的使臣再次到来。这一次,带来的不是宝物,而是一队全副武装的士兵,那些士兵如猛虎般冲进了那烂陀寺,他们站在幼日王院前就像是一把把锋利的剑,把整个寺内平和而静谧的气氛搅乱了。使臣带来鸠摩罗王最后的信:"本王本来就是凡人,贪染世间五欲的快乐,从未想过亲近佛法。但自从听到玄奘法师的名字和事迹后,竟然感觉内心欢喜,身心畅快,好像有了向佛的意念,所以才渴望见到玄奘法师。但是戒贤您却一再拒绝,不让玄奘法师前来,这不是要众生沉沦苦海吗?大德继承佛陀教法，弘扬佛法，为的不就是要普度众生吗？如今我不胜渴仰，谨命大臣再来迎请，如果仍然拒绝，就表示您认为本王是不可教化的恶人。既然如此，难道您没有听说过设赏迦王逐僧毁寺伐菩提树的事情吗，难道您认为我没有这个能力？本王说到做到，希望您谨慎考虑。"

这封信与这一队如猛虎的士兵，让戒贤大师再也不能仅凭一己之力护住玄奘了。使臣与士兵非要得到个肯定的结果才愿离去，戒贤大师不得不叫来玄奘。玄奘还未见到戒贤大师，见到院前这一队面露着杀气的士兵，便知又有麻烦找上了那烂陀寺，可是他没有想到这件事是因为自己而起。

戒贤大师把鸠摩罗王的信递给玄奘，玄奘越看心中越是愧疚，拿信的手不自觉越抓越紧，呼吸也变得急促起来。戒贤大师明白玄奘心中所想，便道："这鸠摩罗王向来善心薄弱，所以国内佛法不兴。但是自从听到你的名字后，便由衷地想要亲近于你，诚心地想向你学佛。你可能是他过去一世中的善师善友，好好去开导他吧！如果能引导他归敬三宝，百姓自然也会跟随。否则，说不定还会发生灾难啊！"

玄奘收起信件，满怀歉意地说道："如今此事因弟子而起，理应由自己解决。出家人原本就以弘法利生为己任，师尊不必挂心，弟子这就随他们去。"

鸠摩罗王的使臣见玄奘走出来，恭敬地迎上去，那些士兵都知道玄奘是鸠摩罗王尊贵的客人，都向着玄奘一一行礼。鸠摩罗国离摩揭陀国需要三四日的路程，这一路上玄奘坐在使臣备好的象舆上，因为怕玄奘舟车劳顿所以这三四日的路程竟足足走了七天才抵达鸠摩罗国。

鸠摩罗王早早就率领王公大臣在王城之外等候玄奘，远远地见到迎请玄奘的队伍，鸠摩罗王便亲自走上前去迎接。鸠摩罗王走到玄奘乘坐的象舆底下，抬起头看玄奘，眼神中先是疑惑而后是惊喜，他在象舆前恭敬地说道："烦请玄奘大师下象舆，弟子已备好一切。"

玄奘从象舆上下来后，鸠摩罗王又仔细盯着玄奘看了好一会儿，玄奘也不回避，淡然相视。鸠摩罗王忽而笑了，他说："听顺世道人说法师佛法了得，我本以为法师头上会有光环，可是如今并未见到什么光环，但是法师相貌出众，身上又散发说不出的气息，让人欢喜。"

玄奘点着头说道："沙门本是世人，怎么会有光环呢？大王所感受到的气息，应是沙门修习佛法所致。"

鸠摩罗王恍然大悟般虔诚地问道："佛法当真有如此神奇？"

玄奘点点头，不语，径直向着王城的方向走去。在抵达王城之前，所有鸠摩罗国王城的百姓都走出了城内，手捧鲜花，玄奘走过他们身边便散花顶礼。在玄奘入住王城之后，鸠摩罗王更是日日香花饮食，做种种供养，这样的礼物和敬重，对于这个一向不信奉佛教的国家来说，是不可思议的事情。

鸠摩罗王是从未听过讲经说法的，在玄奘来到鸠摩罗国后，鸠摩罗王恭请玄奘开坛讲经说法,他从来没有听过法师讲经,为了表现自己的诚意,鸠摩罗王搭建起了一个奢华而庞大的讲台,讲台用五彩纱幔覆盖,地板用金箔装饰,远远看来金光闪烁。玄奘却没有选择这个奢华的讲台,只是随意拿起一个蒲团,坐在高处便开始了讲经。

玄奘开讲的第一部经书是《十善业道经》,这是大乘学派的基础经书,从根本上教人从善,行十种善行。玄奘讲经引经据典,循循善诱,原本不信仰佛教的民众也都赶过来听讲。鸠摩罗王更是感觉如沐春风,向善之心越来越明显。

随着玄奘在鸠摩罗国待得越久,鸠摩罗国道俗众人改变信仰的多了很多。

戒日王经过长达一个多月的苦战之后,终于征讨恭御陀国归来,大获全胜。在归国途中路过乌荼国,乌荼国那些小乘学派在见到戒日王后,除了恭敬之外再也没有嚷嚷着要跟大乘学派一决高下。戒日王一问才知道,在他征战的时候那烂陀寺的玄奘法师仅凭一部《破恶见论》就把这些小乘学派彻底击败了。戒日王一听玄奘法师如此厉害,回到国中马上派遣使臣去那烂陀寺迎请玄奘,他想要见见这位如此厉害的法师。

使臣却带来了一个消息:玄奘早已被鸠摩罗王请了去,如今身在鸠摩罗王的王宫内。

戒日王在东征西讨中早已知晓鸠摩罗王,这个国王一直是他东征西讨中最大的阻力。戒日王又惊又怒,立刻派遣使臣到鸠摩罗国，送去了一份口气十分生硬甚至带着威胁的信：马上把玄奘法师给我送过来。而这封信送到鸠摩罗王手中的时候，鸠摩罗王正在亲自侍奉玄奘用斋，他亲自将盛满水果的盘子端到玄奘面前，当他听完使臣的宣读后，鸠摩罗王气急败坏地把一盘葡萄摔到了地上，饱满的葡萄在地上一一摔裂，紫色的葡萄汁流淌了一地。如今的他把玄奘全然当成了在世的活菩萨一样供奉着，怎么允许别人把玄奘接走呢？

鸠摩罗王把对戒日王的怒火转嫁到了使臣身上，他眼中喷火地瞪着使臣，一字一句，像是投掷匕首一样说道："要我的头可以，要玄奘法师，休想！"

使臣回去后如实禀报，连同鸠摩罗王当时的神态也一五一十地描述。戒日王越听越气，最后从王座上跳起来，立刻召集所有大臣，先是封掉了与鸠摩罗国有商业往来的城市，而后又派了一个使臣到鸠摩罗国用口述的方式责问鸠摩罗王："你不是说要你的头可以吗？那么现在就把你的头给我。"使臣说完戒日王的口谕之后，递上一把锋利的刀，用满是挑衅的目光看着鸠摩罗王。

戒日王自从继位之后，励精图治，东征西讨，如今已经建立了全印度境内最大的王朝，其疆域东到孟加拉湾，西迄旁庶普，几乎涵盖了整个北印度。鸠摩罗王自知根本不是戒日王的对手，若是真的开战，那么自己必败。所以鸠摩罗王在一逞口舌之快后，作为一国之主的他马上意识到自己所犯的错误，用最好的态度安抚了使臣，并赐予使臣千两黄金，让使臣回去禀报戒日王，即日将玄奘法师送渡恒河，赶赴戒日王的王宫。

鸠摩罗王是从玄奘来到后才开始学佛的，所以佛缘浅薄，戒日王的警告让他不得不把这一丝对于玄奘法师的不舍斩断。他比玄奘要先启程，比起把玄奘送过去，他还有个更重要的任务，修复两国的关系。鸠摩罗王先在恒河北岸设置了行宫，一是为了自己所带众位大臣出访做准备，二也是为了在护送玄奘时不失最高的礼遇。鸠摩罗王先行抵达行宫，与众臣商议如何面对戒日王。

鸠摩罗王最好的臣子建议："首先道歉的态度要诚恳，但是我们鸠摩罗国又不是小国，不能因为认错而失去了尊严。"

鸠摩罗王问："那该如何做呢？"

臣子说道："大王您手中有一张极好的牌啊。"

鸠摩罗王知道臣子所指，满意地点了点头。

翌日，鸠摩罗王携带众多大臣渡过恒河去面见戒日王，在见到戒日王后，鸠摩罗王先戒日王一步行了礼，这已经表明了鸠摩罗王的诚意。随即说道："本王自从见到玄奘法师之后，才知道自己的愚昧，对于玄奘法师的崇仰比太阳还要热烈。"戒日王见到鸠摩罗王态度诚恳，又听到他是因为对于玄奘法师的崇仰而顶撞了自己，就不再责备他前几日的失言，他更关心的是玄奘法师什么时候能抵达自己的王宫。

戒日王问道："为何你此次前来，没有一同护送玄奘法师前来？"

鸠摩罗王回答："您既然礼贤乐道，怎么可以让法师来拜见您呢？"

戒日王知道鸠摩罗王是拿玄奘作为引子来换取面子，他也知道让鸠摩罗王乖乖把玄奘送过来，整个印度肯定要传言鸠摩罗王已经臣服于自己了。戒日王多日的征战已经让他疲惫至极，他没有闲心再去争抢这一点点的面子了，便说道："是啊，本王是礼贤下士之人，那你先回去吧，明日我亲自前去礼请玄奘法师。"

鸠摩罗王与他的臣子们带着满意的结果回到恒河北岸的行宫内，玄奘在他们面见戒日王的时候已经抵达了行宫。鸠摩罗王见到玄奘，将今日见到戒日王的经历告诉了玄奘并推测说："戒日王虽然明日会来迎请您，但是可能今晚就会来。如果他来了，您不必起身迎接。"对于玄奘而言，佛家弟子原本就是没有必要献媚于任何世俗王权的。玄奘对鸠摩罗王说："依照佛门的规矩，正是这样的。"

当夜，整个鸠摩罗王的行宫没有一人入睡，不过还是熄灭了大多数烛火，所有人都在黑夜中等待戒日王的前来。太阳落山后，夜色尚未笼罩的时候，恒河上出现了成百上千的火炬，火炬照亮了整条恒河也照亮了两岸，火光随着河水的涟漪跳跃着，在火光之中，鸠摩罗王与众臣看见无数条船正在渡过恒河，那些船如无数的火星一样，慢慢聚拢，驶向对岸。随着船越来越近，他们听到了船上传来的步鼓声："咚……咚……咚……"这是只有戒日王才能用的步鼓，他出行时，几百名金鼓手就在他左右，戒日王走一步便击一次鼓。这是只有印度境内最大的王才能享有的，其余诸王是不能仿效的。

"咚咚咚"的步鼓声传进了玄奘的耳朵，他依旧跌伽坐在宝座之上，只是慢慢睁开了眼睛，透过行宫的窗户，他看见了那些亮着火光的船如宝珠一样镶嵌在恒河上。他此刻想起了尼乾子的预言，他终于还是与两王碰面了。

戒日王在鸠摩罗王的陪同下见到了玄奘，在见到玄奘后，戒日王行头面接足礼，瞻仰散花。落座后，戒日王略带责备地问玄奘："弟子先前邀请法师，为什么您不肯来呢？"玄奘回答："玄奘远道而来，主要是为了听讲《瑜伽师地论》，接到您邀请的时候，正好听到中间，没有听完，所以才没有立刻去见您。"戒日王赞叹道："法师聪慧好学，才有如今这般修为，弟子惭愧。"

在戒日王抵达后，外面下起了小雨，雨水让夜色更加浓重。戒日王本想当夜就把玄奘迎请回自己的王宫，但是这场小雨阻拦了他的计划，他对玄奘说："夜有雨，恐法师有意外，为了保法师周全，明日弟子再来正式迎请法师。"

第二日一早，戒日王携带盛大的礼团迎请玄奘，一路上奏乐散花，鸠摩罗王亲自陪同玄奘渡河。在进入戒日王的王宫之后，戒日王又派人端来珍馐斋供，让玄奘入上座。除了王公大臣之外，戒日王还请来了那些曾经质疑大乘学派的小乘学派高僧，他既然答应了小乘学派，那么无论他们是否已经认输也要组织这一场辩论。

戒日王问玄奘："弟子曾听说法师著有《破恶见论》，不知法师何时能将此经讲与弟子？"

玄奘回答道："若是大王想听，那么现在就可以开始。"

戒日王听后很高兴："那就请法师现在开始吧，弟子期待已久了。"

玄奘把《破恶见论》从头到尾讲了一遍，从早上一直讲到了晚上，在讲完此经之后，众人都发出了赞叹。戒日王对在座的小乘学派高僧说道："诸位法师，平时自称解冠群英，学盖众哲，也是最早提出不同见解来毁谤大乘学派的。怎么今天听到了玄奘法师讲的《破恶见论》没有一人敢反驳？"

这些小乘学派的高僧被戒日王问得都低下了头，一点儿声音都不敢发出来。戒日王又对玄奘说："法师的论著实在是真知灼见，弟子与在座法师都很佩服。但恐怕其他各国的小乘外道仍然墨守愚迷的教义，所以我想在本王的都城曲女城举办一次盛大的辩论法会，通令全印度的沙门、婆罗门和外道等，都前来聆听大乘的微妙义理，以断绝毁谤大乘学派的邪念，显扬法师的崇高盛德。"

玄奘听到戒日王这么说，亦觉得这是一次弘扬大乘教法、利益众生的大好因缘，便欣然接受了戒日王的建议。当日，戒日王就发出通告，令各国国王、论师学者于两个月后齐聚曲女城聆听唐国法师的至理高论。

沿着恒河逆流而上，要一月有余才能抵达曲女城。此时已经入冬，在恒河上行进越久冬色越隆，尤其是漂浮在河水之上，湿冷之气越重。玄奘在路途中病了一场，连发了三日的高烧，这让戒日王与鸠摩罗王都紧张了起来，两王派出了随从中最好的医师替玄奘诊治。玄奘的身体在治疗后日渐康复,玄奘对这场法会充满了期待,他明白这场法会不仅仅是他个人的事情,对于诸佛菩萨而言也是一件大事,如果没有良好的体魄,是很难坚持下来这么盛大的法会。

在启程时,戒日王已经提前令人备好了法会会场,因为考虑到来者众多,所以法会现场选择安在广袤的空地之上,只在会场旁边搭建了两间草殿。在草殿之内安放好佛像,日日香火供奉。在抵达曲女城之后,玄奘才知道法会邀请人数之众,五印度中,十八国国王、大小乘高僧三千余名,婆罗门及外道两千多人,那烂陀寺也收到了邀请派来一千多人。玄奘没有想到在那烂陀寺结识的师子光大师也来了,他可是那烂陀寺的十大德之一。师子光在法会开始前,特意去拜访了玄奘并带来了戒贤大师的口信:"整个那烂陀寺其实都在期待这一次法会,那烂陀寺的僧众会毫无条件地支持玄奘。"

法会开始的那一天是个大晴天,原本多雨的曲女城也像是张开了笑脸在欢迎这一场法会。玄奘沐浴更衣,首先随戒日王与鸠摩罗王一起从王宫之中请出佛陀金像,将金像安奉在大象背上的宝帐中,以此为前往会场的领队。在佛陀金像右侧另有一象舆所乘是戒日王,戒日王做帝释天装扮,手持白拂;金像左侧的象舆所乘是鸠摩罗王,鸠摩罗王做梵天王装扮,手持宝盖。在其后是两头载满鲜花的大象,象上仆役一路上追随佛像,随行随散,再后便是玄奘与各门大师所乘象舆。

从所设行宫到会场不过五里路，这短短五里路，鲜花如雨，色彩缤纷，人声如雷，欢呼鼎沸，梵乐如风，悦耳随行。玄奘坐在象舆之上，看见会场内外人潮如云，稠密包裹住整个会场，各式幢、幡峨峨围绕，又如雾涌一般。

到了会场，众人各下象舆，由戒日王与鸠摩罗王捧佛像入草殿之中，安置好佛像后，戒日王又请十八国国王入座，再请玄奘及各国高僧入座，次请有名的婆罗门外道行者五百多人入座，最后请各国大臣二百多人入座。等众人皆入座后，戒日王令随从鸣号，一列列仆役端着金盘、金碗、金锡杖、金钱等，先供养佛像，随后以此供养玄奘及诸大德。

在供奉佛陀金像旁的草殿中设有狮子宝座，戒日王见供养完毕，站起身来用雄厚的声音宣布道："请玄奘法师升座！"玄奘起身，在众人瞩目中一步步走向狮子宝座。玄奘落座之后，整个会场的焦点就落在了玄奘身上，玄奘首先阐明了大乘宗旨，随即用简洁的语言宣告自己的立论——《破恶见论》。

十年的时间，已经让玄奘彻底熟悉了印度，一口纯正的梵语将自己的立论言简意赅讲明。自他一开口，原本喧嚣的会场顿时变得寂静无声，所有的人都在谛听。而玄奘自己一旦沉浸在经文之中，便觉得这世间无他了，这千百的人在玄奘眼里是一片林、一汪水、一摊沙。

历经三日，玄奘将《破恶见论》讲完，又拜托那烂陀寺的师子光法师宣读全论，并用大字抄写一本，悬挂在会场门外。师子光在悬挂好经书之后,回头向玄奘示意,玄奘站起身来,淡然却坚定地说道:"如果有人能指出其中一字错误加以驳斥的,玄奘愿斩首谢罪。"话音一落,全场惊呼。

玄奘从与顺世外道辩论的那一天便知道,佛法光大是条荆棘之路,有流血,更有死亡。而那一道道的阻碍,必须全力以赴去抗击。每一搏,不是归途,是浴血的前行。玄奘宣告完自己的决定后,有几个外道跃跃欲试想要挑战玄奘,毕竟如果在如此大会击败了玄奘,就可以名震整个印度。可是当玄奘开始逐颂地讲述《破恶见论》的时候,那些外道便又坐下来,这经法之精妙不是单凭一腔勇气就能破解的。第一日至第三日,所有人都在安静听讲,无一人进行驳斥。

法会一直持续了十八天,十八这个数字对于佛家而言是个吉数,意味十八界众生都已经认可玄奘的立论。法会结束当日,戒日王命人击鼓以鸣,并当众宣布法会结束。那原本悬挂于会场外的立论也被小心翼翼取下来,玄奘从狮子宝座上站起来,走向草殿中,众人屏气凝神,都在等待玄奘发表最后的言说,玄奘朝着佛陀金像行五体投地大礼,赞叹道:"感谢佛陀之智慧,感谢诸佛菩萨之功德!"

全场爆发出热烈的呼声,那是对玄奘的肯定,更是对大乘教义的臣服。戒日王见此景更是一腿屈膝,跪于玄奘身下,伸手取来鲜花不断撒向玄奘,周围的仆役或击鼓或鸣锣。待一切安静下来,戒日王以灼灼的目光仰视玄奘赞叹道:"玄奘大师是印度境内最为伟大的法师！"当日，等众人从法会中散去，戒日王与其他十八国国王皆拿出许多财宝来供养玄奘，玄奘都一一婉拒。

在法会结束后，玄奘本以为可以享受一段清静的日子，但是戒日王在法会结束后便让仆役在一头大象的象背之上竖起大幢，又以宝石金箔将大象装饰一番，使大象看来庄严而威仪。戒日王将那头大象牵到玄奘的门前，玄奘看见这头象困惑地问道："大王这是何意？"

戒日王恭敬地说道："按照印度古来传统礼法，凡是在如此辩经大会上获胜者，是要骑象巡行全城，通告百姓您的功德。"

玄奘推辞道："如今行了善事，是佛的因缘，没必要昭告天下，大王还是请收回好意吧。"

戒日王又劝道："这是古来传统礼法，法师是在此地行的功德，还是遵照吧。"

玄奘不好再推辞便听从了戒日王的建议。翌日，玄奘骑乘大象，身着七彩袈裟，在戒日王与大臣的陪同下巡行全城，所有曲女城的百姓都挤到道路两旁，那些还未离去的高僧大德及外道者也都来了，一时间曲女城的道路充塞十余里。

戒日王在象舆前手持玄奘的袈裟大声宣告道："大唐国高僧玄奘法师，已经安立大乘教义，驳破各种异见。十八天的法会论战中，无人敢与之辩论，因此本王特地向大家宣布玄奘法师论战的胜利！"

听到戒日王如此说，万众欢腾，他们不断喊着送给玄奘的尊号。那些大乘派的信众呼唤玄奘为"摩诃耶那提婆"（意为"大乘天"），小乘教的僧众则称呼玄奘为"木叉提婆"（意为"解脱天"）。众人又将鲜花不断散向天空，花雨从玄奘的眼前升起又落到他的脚下，赞唱之声回荡在整个天空。

这所有的一切都让玄奘觉得如梦如幻。曲女城的城门外，一朵乌云在没人注意的情况下慢慢飘向玄奘，在巡行快要结束的时候，乌云飘到了玄奘的头顶之上。众人以为是玄奘的功德不堪担当如此崇高的称号，忽而乌云裂开了一道缝。

一束光，落到了玄奘身上。

第十二章

长安 长安

辩论法会结束后,玄奘身上被蚊虫叮咬了无数个红肿的包,印度境内潮湿温热的气候滋养了大量的蚊虫,四季变化的不明显让这些蚊虫几乎一整年都在逍遥。玄奘虽然早已对这些蚊虫习以为常,但是随着回到长安的计划越来越近,他越来越想念长安干燥凉爽的气候。曲女城在法会结束的当晚,每户都点起火把,一点点的火光汇聚起来将整个曲女城照亮如白日。戒日王的王宫建在曲女城最高的地方,只要站在大门外就能看见满城的亮光。

玄奘在巡行完整个曲女城后,一个人站在王宫大门外,此刻夜风如水,灯火如星,是适合一个人思考的时间,玄奘在思考如何向戒日王告别。戒日王从巡行完毕就看出玄奘有心事,夜里在王宫内不见玄奘,侍臣报告玄奘在大门外,戒日王遣散了侍臣一个人来到王宫大门外。

玄奘正站在大门外，望着身下的灯火出神，戒日王的声音从身后传来："这绝美的夜色，也有法师的一份。"

玄奘转身见是戒日王问道："大王也是来看这夜色吗？"

戒日王摇摇头说："弟子从继承王位以来，已经三十多年了，这曲女城的景色弟子早已经熟悉。不知法师的故乡长安是否有这样的夜色？"

玄奘叹了一口气，他从长安出来的时候正是大乱初平定的时候，哪会有如此夜色呢？戒日王继续说："法师若是不愿意回国，弟子愿意供养法师一生，竭力弘扬佛法。弟子已经将会期中所铸造的金佛像和衣钱等统统布施给寺院，法师难道不相信弟子的心意吗？"

玄奘摇摇头说道："大王向佛行善的心毋庸置疑，佛法是无私的，难道大王不愿意佛法的光芒也能照亮玄奘的故国吗？"

戒日王见玄奘归心已定，不再规劝，话锋一转说道："在法师归国之前，弟子还有一事想请法师协助。"

玄奘回答："大王请说。"

戒日王望着夜色中的曲女城，这无数的灯火正象征着他的王朝是印度最强大的，他缓缓说道："弟子从成王之后，时常害怕福德不能增广，害怕无法延续往昔的善因，所以多次聚集财宝，然后在钵罗耶伽国的恒河与阎牟那河两河江流之处建立大会场，每五年邀请五印度的沙门、婆罗门以及贫苦孤独的人，举行历时七十五天的无遮布施大会，到现在为止已经举行了五次了，马上就要再举行第六次无遮大会，因此恭请大师能够随喜参加这次大会。"

玄奘听到戒日王有如此善举，高兴地回答道："行菩萨道，需要福慧双修。智者获得乐果，不会忘记他当初所种的善因，而且还会继续修善。如今大王不吝惜珍财广修布施，玄奘岂可推辞而不随喜？就请大王带我一同前去吧。"

戒日王所选的布施场，地势在两河的冲积平原之上，自古诸王都有在这里布施的传统，所以这里一向都有"施场"之称。据说只要在这里布施一钱，胜过在其他地方布施两千钱。戒日王在布施场上竖起芦草为篱笆，在中间建有草堂数十间用来贮放财宝，又在旁边建有长舍数间用来贮放衣物等日用品，还建有厨房等。在此之前，戒日王就已经敕告五印度的沙门、外道、贫穷等人，集会施场接受布施。到了那一日，万人空巷，布施场上人头攒动，各国沙门、婆罗门、贫苦大众都来了，戒日王与鸠摩罗王及十八国国王皆着粗衣参加布施大会，每一位前来接受布施的人不仅能饱餐一顿还能得到金钱、衣物等。

到了第三日，有一身挂骷髅的外道，自称为阿索克。阿索克接受完布施，向戒日王行了礼，感恩戒日王的慈悲，见玄奘在戒日王身边提议道："玄奘法师是有大智慧的法师，大王如今布施我们钱财等，不如让玄奘法师开坛讲经，在智慧上也给予我们布施，让我们早日脱离愚迷。"

戒日王觉得这阿索克说得有道理，向玄奘征求意见，玄奘欣然同意。戒日王在中央草堂之外又建一讲堂，上设宝座供玄奘讲经之用。讲经之所需要安静，在讲坛之外又用芦草围成一圈，以防人多声杂。

玄奘要在布施大会开坛讲经的消息很快传遍了，每一位来接受布施的穷苦人民听到不仅能得到钱财，还能听到玄奘大德的教诲，无不感到高兴。整个布施会场充满了喜悦气氛。

提议者阿索克更是为了这个消息而雀跃，但他高兴的理由不是因为能听到玄奘的讲经说法，而是因为玄奘正如他所计划的那样落入了圈套之中。

布施大会几乎是紧接着曲女城的法会举办的，当初在曲女城法会中，阿索克就想挑战玄奘，趁机一举成名，但是玄奘所著的《破恶见论》他别说辩驳了，里面的有些奥义他看都看不懂。长期浸淫于骷髅外道，崇拜的是死亡与杀戮，既然仅凭自己的力量无法击败玄奘，那就依靠死亡的力量吧，想到这里，阿索克站在远处看着在草堂旁慢慢搭起的讲堂，不自觉地露出冷笑，他摸了摸那一串挂着的骷髅，骷髅冰冷而粗粝的手感让他感觉无比畅快。

第一日讲经就人流如织，戒日王不得不限制了人员进入，阿索克当日也去听讲，他从人群之中挤破了头才挤到了第一排的位置，在这里他可以更清楚地看见玄奘，也可以更清楚地看清这讲堂是个什么模样，他无心听玄奘到底说了什么，他的眼睛在四处瞭望——这草堂以圆木为构架，上面铺的是干燥的芦草，其顶棚又与其余贮放财物的草堂连接。这正是阿索克希望的结果。

玄奘对于这坐在第一排的阿索克有很深的印象。前几日正是他建议自己开坛讲经，而看他脖颈上悬挂的骷髅便知他是外道，玄奘在讲经过程中刻意观察了阿索克好几次，他希望这个外道向自己提问，甚至驳斥他，好让自己能有机会让他弃邪从正。但是阿索克好像对于他所讲的佛法没有兴趣，眼睛一直在四处张望，似乎在等什么。

第二日，玄奘想前一日所讲经文一定是太过高深，这一日玄奘选择了大乘学派最基础的《金刚经》作为讲授经文，可是在讲堂内，他没有如期看见那个挂着骷髅的外道。想必这位外道仍旧愚迷。玄奘很快把注意力从那位外道身上抽离，讲堂之中还有无数人在谛听他的讲授。

在玄奘刚刚开始不久，因为过于专注他并未察觉到异常，可是底下听讲的人却开始了骚动，他们或是用手捂住口鼻，或是在四处张望像是在寻找什么。玄奘并未过分关注，仍旧在讲经，须臾之后，底下听讲的人纷纷站起来，站在最边上的人忽然高喊："失火了！"这一声吼，让整个讲堂陷入混乱之中，所有人都冲向出口，玄奘在最里面被人墙围住，没有任何空隙能逃出去。

玄奘是看着火一点点从草堂烧过来的，火焰伴随着浓烟逐渐壮大，先是只能看见浓烟而后是微弱的火苗，当火真正点着讲堂的时候，火焰已经是冲天之势了，热浪在微风的推波助澜下一波波地涌向玄奘。戒日王发现失火后，调集了所有兵力参与灭火，还特意调遣了一队精兵进入失火的讲堂中寻找玄奘，可是因为所有人都在往外走,那些精兵根本进不来。

　　大火离玄奘越来越近,玄奘甚至能看见火焰的根部是一点点耀眼的红色。玄奘瞬间变得无比冷静,他想到了那个挂着骷髅的外道,今日失火他没有到,是他提前预知了这场大火,还是这场大火根本就是他的预谋?

　　想到这,玄奘背后生了一层冷汗,在世俗之中名望就如这眼前的大火,披火前行,可以照亮众人但也会引来恶魔。当火焰的温度烤红了玄奘的脸颊并烧掉了他一角的袈裟时,戒日王的精兵终于进来了,他们用刀另外劈开了一条道,带着玄奘从失火的讲堂逃了出来。而另一边,戒日王的士兵们因为离河近,取水方便,很快也控制住了火势。

　　玄奘未伤,这是对戒日王最大的安慰。

　　那些原本贮藏于草堂之中的金银宝珠本就不怕火,这一场火的意图非常明显,就是为了要玄奘的命。戒日王想到这,怒从心来,暂停了一整天的布施大会,并由侍臣击鼓召集所有民众。戒日王宣告大众:"邪党扰乱真义已久,而且意图隐埋正法,误导惑乱众生。如今玄奘法师,显扬大法,解行愚迷。妖妄之徒,不知惭愧,谋为不轨,生起害心。本王绝不允许,众人中凡企图伤害法师的,斩首示众;毁骂法师的,断舌惩罚!"

　　戒日王此言一出,另加兵卫守护玄奘,那些原本还想谋害玄奘的外道只能离开布施会,原本达数千人的外道,只剩下几百人。经历一场大火之后,布施大会变得更加有序了,一直布施了近两个月才结束,戒日王经历五年之久所积蓄的财物,完全供养布施殆尽,只留下象马兵器之类,用于保卫国家与镇压叛乱。

布施完毕后,戒日王欣喜地对玄奘说:"本王以前聚集各种财宝,经常担心没有人坚守库藏,如今我把财宝全部给了人民,储存在福田中,也就是已经完全入坚牢藏了。"

戒日王的学佛向善之心让玄奘感动,原本不信佛的鸠摩罗王也已有了向善之心,其余五印度十八国在戒日王的带领下也逐渐皈依佛教。原本势弱的佛教,玄奘又再一次看到了它兴起的姿态。玄奘想,毕竟这里是佛陀的故乡啊。

玄奘看见此地的佛法越来越兴盛越是想念自己的故国。在无遮大会结束后,玄奘再一次向戒日王请辞,戒日王、鸠摩罗王以及其余诸国国王都在挽留玄奘,这些国王或是许诺玄奘国师之位,或是许诺玄奘建造一百座寺院,但是这些都不能动摇玄奘。玄奘归心已定,他对诸位国王说道:"各位大王如果强留玄奘,将会使大唐国很多修行人失去听法的利益,这无眼的苦报,难道你们不怕吗?"

这一句似是威胁又似是真理的话语,让所有人打消了强留玄奘的念头。想到玄奘即将出发,戒日王还想再为玄奘做些什么,戒日王说道:"弟子仰慕法师的德养,所以希望能常常瞻仰侍奉,但是既然会损害到很多人的法益,也不敢再坚持,但是不知道法师想要从哪条路回国?如果由水路走南海,弟子当派使臣护送。"

水路比起陆路而言是要容易得多,而且时间会缩短很多,当初玄奘前往印度时因为时局未定，所以未能选择水路。玄奘听到戒日王如此说，脑海中浮现出当初高昌王与他共同许下诺言的情景，那位在他刚刚踏上取经之路时就给予他巨大帮助的义兄定是还在等着他归去，等着他去高昌国讲经三年。

玄奘回复道："大王的盛情，玄奘感激，但是此次回去，玄奘因与义兄高昌王约定，所以必须择由北方的陆路回去，拜访义兄。"

戒日王听到此，命人准备金钱粮资以备玄奘路上使用，鸠摩罗王也为玄奘准备了许多珍宝。玄奘都一一婉拒，只留了一条粗毛披肩，以在路中防雨用。玄奘所带经书与佛像皆用军马运送，了却了玄奘最担心的事情。

公元643年的春天，连续多日的晴天给远行开了个好头。戒日王与各国国王的饯行宴一直持续了三日。不仅仅是王孙大臣们参与，许多僧俗大众也都赶来，那烂陀寺的大德们悉数到场。这次的饯行宴起初还有歌舞助兴，而后所有歌姬舞姬都退了下去，整个宴会笼罩在伤感的气氛中，未守戒的人把酒喝了一杯又一杯，守戒的人无法麻痹自己只能不断地望着玄奘。所有人都明白，这因玄奘的酒喝一杯少一杯，这能看见玄奘的机会看一眼少一眼。

真正出发那一日，戒日王与各国王大臣一直送了数十里的路，这位有别于他们的东方僧人，在印度待了十年，炽热的阳光早已晒黑他的皮肤。所有人都已经忘却他从东方而来，都以为他是印度的圣人，他们为这片土地又能得到一位大德而高兴。直到送走玄奘的这一天，他们才恍然大悟，即便他的外貌与本地人越来越像，即便他早已能讲得一口纯正的梵语，但他终归还是他乡之人，他们必须送走他。

他们惋惜、伤感、不舍。戒日王与各国大臣望着玄奘远远消失的身影，都流下了滚烫的泪水。玄奘走后三日，戒日王细数对玄奘路途的安排，顺带推算玄奘走到哪里了，想到玄奘还未走远，或许还未走出自己的国境，率领数百轻骑追了上去，他带了四名达官加入护送玄奘的队伍，这些达官都带着戒日王写给玄奘途径众国的亲笔信，让各国国王好好照顾玄奘。

玄奘深感戒日王的殷勤礼重，施了好几次大礼感谢戒日王。戒日王不敢接受，连忙制止，对玄奘说道："一切都是弟子该做的，弟子所做不仅仅是为了法师个人，而是为了弘扬佛法。"玄奘听到戒日王如此说，更觉这位国王是发了菩提心，他想无论自己走或是不走，这位国王必将带着他的王朝走向强盛。

经历近半月，玄奘一行抵达信度河边，彼岸就是迦毕试国了。玄奘想到当初叶护可汗派遣的翻译官伊谷正是与他在这里分开的，玄奘看着这宽广的河水想，不知这位故人是返回了大草原还是留在了迦毕试国。信度河面上常年有船夫渡过往的行人，因为玄奘一行人员众多，又带了一些经书与印度的各种奇花异种，这为数不多的船并不能满足他们的需求。所以先派了一人去迦毕试国禀报国王，让国王协助他们渡河。

不日，迦毕试国国王又派遣了几艘船前来帮助玄奘渡河，船是小船，但是因为数目多，所以玄奘一行人分批次渡河。玄奘与所带经书一同渡河，其余人另外渡河。在玄奘渡河的时候，船行到中央，忽然刮起一阵狂风，风吹起河水更摇动了小船，顷刻间，波涛汹涌，掀起了巨大浪涛，载着玄奘的小船差点覆没，在船体巨大的晃动下，许多放置在船上的经书与奇花异种都掉入了河水中，这河水吞没了这些经书与奇花异种，狂风便马上停了，河水又恢复了平静。

在信度河的岸边，迦毕试国国王早早等候在那，玄奘在河中遇险之时，他不无紧张担忧，所幸玄奘并未坠河。只是这狂风来得蹊跷，待到玄奘上岸平复情绪后，迦毕试国国王问道："法师是不是带了印度花种来？"玄奘如实回答道："是的，带了花种。"国王连忙解释道："自古以来，凡是想带上印度花种渡河的，都会在河中遭遇风浪，发生倾船的事故。"

玄奘点点头，心中无比惋惜，丢失花种是小事，但是随行的经书也有一部分掉入河中。迦毕试国国王迎玄奘入城，玄奘整理经书发现所丢失的经书是迦叶臂耶部三藏，而这部经书恰好在距离迦毕试国不远的乌杖那国有，玄奘便派人去乌杖那国抄来这部经书。为此，玄奘一行在迦毕试国停留了数十天。

在这数十天中，迦毕试国国王对玄奘虔诚供养，玄奘问迦毕试国国王可曾见过当年随行而来的伊谷，国王想了片刻说道："这位翻译官在法师离开后不久返回了草原之中。"

世间万物对于时间流逝的抵御能力是不一样的，一树花开到花落是一季，一人从生到老是数十年，一河从丰沛到干枯是数千年。十七年的时间，山河不易变，但人世早已变了模样。玄奘在归途中依旧能看见那广袤的草原与巍峨耸立的雪山，路途依旧充满挑战与危机，但是因为这一次是得到众国之协力，比起当初孤身一人踏上征途要容易了许多。山河不曾记得玄奘，可是玄奘仍旧记得这些山河。

再一次走过草原，他甚至还记得那几夜的狂欢，还记得曾经驱逐拜火教的教徒；再一次越过凌山，他还记得那暴风雪中众人携手走出时的感动；只是，如今他是一个人来缅怀这些了。

在抵达睹货罗国的时候，迎接他们的是叶护可汗的孙子，也是这国的国王，他从爷爷那里听到过玄奘法师的名号，真正见到玄奘法师后，无比崇敬，挽留玄奘在睹货罗国住了一月有余。

在这一个多月中，睹货罗国国王告诉了玄奘一个消息：高昌国已经被唐国所灭，麴文泰也已经病故。

玄奘得知这个消息后无比伤感，当初的诺言在他心中如铁山一般存在，只是这铁山经不住无常与时间的风雨，刹那间便分崩离析。睹货罗国国王建议玄奘既然不用去往高昌国，便可更改路线，直接东归。

长路漫漫而归心似箭，玄奘只觉日月更替，路一程又一程，所见风土人情越发与大唐相似，故国的器物与食物也越来越多地出现在路途之中。于阗国是玄奘走入大唐国国境前的最后一国了，走到这里玄奘却停了下来。

于阗王携带众臣出城迎接玄奘，并用举国之力供养玄奘。但是玄奘并不是因为这些而停留，他在担忧一件事，当初是大唐建国之初，边关森严，玄奘并未取得出关通牒，他算是偷渡出国。如今已学成归来，且携带经书众多，如何名正言顺地归国是他思考的问题。

于阗王殷勤侍奉玄奘，并告诉玄奘于阗国已与大唐通商，可借由这些商人送一封信给朝廷。当夜，玄奘便提笔表书。

这一路上的种种从回忆之海中浮现而出，玄奘想到了当初自己是困于佛经无明意而求真法而出发，去时路之迢遥与艰辛，又在印度求学感佛法之高深，佛迹之圣妙，如今学成归来，归国之心日益强烈，祈愿早日归国。

玄奘写道：

> 奘闻马融该赡，郑玄就扶风之师；伏生明敏，晁错躬济南之学。是知儒林近术，古人犹且远求，况诸佛利物之玄踪，三藏解缠之妙说，敢惮途遥而无寻慕者也。玄奘往以佛兴西域，遗教东传，然则胜典虽来，而圆宗尚阙，常思访学，无顾身命。
>
> 遂以贞观三年(公元629年)四月，冒越宪章，私往天

竺。践流沙之浩浩,陟雪岭之巍巍,铁门巉险之途,热海波涛之路,始自长安神邑,终于王舍新城。中间所经五万余里,虽风俗千别,艰危万重而凭特天威,所至无倾仍蒙厚礼,身不苦辛,心愿获从。遂得观者耆阇崛山,礼菩提之树,见不见迹,闻未闻经。穷宇宙之灵奇,尽阴阳之化育。宣皇风之德泽,发殊俗之钦思。历览周游,一十七载。今已从钵罗耶伽国,经迦毕试境,越葱岭,渡波谜罗川,归还达于于阗。为所将大象溺死,经本众多,未得鞍乘。以是少停,不获奔驰,早谒轩陛,无任延仰之至。谨遣俗人马玄智,随商侣奉表先闻。

书写完毕后,玄奘将这封信交给商人马玄智,让他务必将这封信交给当今朝廷,这位送信的商人接过信件,给玄奘行了大礼,并说道:"法师的信,我将用性命守护,一定送到,当初法师之威仪,对于我仍旧历历在目。"玄奘惊奇之下问之,原来这商人马玄智是一名高昌人。

马玄智告诉玄奘,当初高昌国被灭国之时,不少高昌人因为逃避战乱辗转来到于阗。可惜要前往长安送信,不能长久在玄奘身边陪侍。

马玄智提议给玄奘:"法师不如在于阗国多待些日子,与那些高昌人讲经说法,当初法师与国王所立约定,不仅仅是国王在等待与法师的约定,我们每一个高昌人都在期待着。"

玄奘一听马玄智如此说,心中颇为感慨,当即答应。在于阗国国王的支持下,玄奘为于阗僧徒开讲《瑜伽师地论》《对法论》《俱舍论》《摄大乘论》四部经论。那些高昌人都赶来听玄奘讲经,他们的眼里不仅有着崇敬与好学的眼神,更是因感怀玄奘的归来而饱含泪光。玄奘选择这四部经书也是有原因的,《瑜伽师地论》是他求经之根本,当初也是麴文泰最想听的经书,而后三部经书是当初在高昌国讲经时的经书。

玄奘的每一场讲经完毕后,高昌人都会一起安静地行礼,然后慢慢躬身退出。在最后一场讲经结束后,那些躬身退出的高昌人中忽有一人站了起来,逆着光,玄奘看着那高昌人,那人向着玄奘颔首微笑,像极了当初的麴文泰。

玄奘对于长安的消息既担忧又期盼,终于在八个月后,长安的使官来到了于阗国。玄奘是在于阗国王宫的宫门外见到使官的,这位使官是他见到的第一位来自故土的人,在远远看见这位使官所着官服的时候,玄奘险些落泪,多年的思乡之情与回报故国的热情在这一刻被触及。

使官站在玄奘面前,那挺拔的身姿与威严的面容告诉众人,此刻他不仅仅是个使官,他所代表的是大唐国的皇帝李世民。玄奘拍了拍身上的尘土,低下头,郑重跪下,他在等待皇帝召唤他回去。

使官慢慢打开绣着龙纹的黄色锦缎,用玄奘熟悉的乡音一字一句念道：

> 闻师言访道殊域，今得归还，欢喜无量，可即速来，与朕相见。其国僧解梵语及经义者，亦任将来；朕已敕于阗等道使诸国送师，人力鞍乘，应不少乏。令敦煌官司于流沙迎接，鄯善于沮沫迎接。

玄奘终于等来他想要的结果，他伏下身，长长地吸了一口气，然后一段一段地把这口气呼了出来，是紧张，是感动，也是喜悦。

使臣念完皇帝手谕后，马上上前扶起玄奘道："法师请起，如今整个大唐国都在等您回去。"

玄奘听到这句话，心脏被击中，整个人微微颤抖了一下。他已经不再年轻的心，此刻正在猛烈地跳动着。

使官宣读完手谕后就要返回敦煌官司，他向玄奘告了别。在阳光下，使官所骑的红色骏马奔驰起来，那匹马的颜色像极了玄奘当初离开大唐国时所骑的那匹老马，只是这匹马更加年轻，更加富有活力。

骏马奔驰的四蹄掀起一层薄薄的尘土，尘土在阳光照射中像是一层浓稠而多变的雾气。

玄奘远远望着那尘土，在尘土忽明忽暗的光亮中，他仿佛看见了，那个熟悉而又陌生的长安城。

（全书完）

后　记

在我目前常居的甘肃省敦煌市，向西约十公里的方向，矗立着一尊玄奘的雕像，玄奘身背经箧，手持法杖，目光坚定，以迈步之姿遥遥相望远处的当金山。当然，当初的玄奘并未翻越这座高山，而是改道从现在的新疆前往印度。

玄奘的雕像在我无数次出差时都能从窗外看见，他像是一个信标，对于现代的我而言，既是远方也是梦想。

玄奘用了十七年的时间，与死亡做伴，与离别做伴，与病痛做伴，与辛劳做伴，从远方的印度将他一直渴求的《瑜伽师地论》取了回来。对于如今的我们而言，阅读的佛教经典除了鸠摩罗什的翻译外，剩下的大部分都是玄奘带回来并翻译的。可以说，玄奘以一己之力，福泽千年。

这样的一个伟人，对他所有的书写只是简单地从历史中抽丝剥茧，极尽所能地透过想象来复原当初的他是如何在这段漫长的路途上前行的。

科技的迅速发展带来了生活的便利，我们现在前往远方，只需要很短的时间。我们可以迅速取得自己必需的重要资料，我们可以去见想念的人。比起彼时的玄奘，我们迅速直接。

可是，玄奘那时的旅途既是空间的抵达，也是心的抵达。现在有多少人能做到心的抵达？那是一段不能借助任何交通工具的跋涉，必须如同玄奘一样，一步一步去走。

太多的人，不愿意抬起头，去看看这天大地大。抑或是不能守住心中的火焰，在时间与俗事冲击下，固守一方天地。

有时候，我想，我们必须像玄奘一样走出去，抵达，成长，顿悟，然后有所回报地归来。